# 閱讀難點逐個「捉」

## （初級）

小學一、二年級適用

商務印書館

階梯中文 —— 閱讀難點逐個「捉」（初級）

作　　者：商務印書館編輯部

責任編輯：馮孟琦

裝幀設計：麥梓淇

出　　版：商務印書館（香港）有限公司
　　　　　香港筲箕灣耀興道 3 號東匯廣場 8 樓
　　　　　http://www.commercialpress.com.hk

發　　行：香港聯合書刊物流有限公司
　　　　　香港新界荃灣德士古道 220-248 號荃灣工業中心 16 樓

印　　刷：中華商務彩色印刷有限公司
　　　　　香港新界大埔汀麗路 36 號中華商務印刷大廈

版　　次：2022 年 4 月第 1 版第 1 次印刷
　　　　　© 2022 商務印書館（香港）有限公司
　　　　　ISBN 978 962 07 0603 5
　　　　　Printed in Hong Kong

# 目錄

# 如何用好這本書？

## 為甚麼要編這套書？

當翻開這本小書，讀者會發現所有閱讀材料並不是根據文章體裁，或文章內容去分類，而是根據孩子們學習中常見的閱讀難點去劃分章節。

這是因為在本館「階梯閱讀空間」運作十多年的實踐中，我們通過檢查答題的準確率，發現了孩子們在做閱讀練習時有幾大難點。而坊間卻並沒有一套書可以針對這些難點來做特訓。

我們特地編寫的這套書，正希望可以為孩子們解決這些難題。

## 這套書是怎樣構成的？

全套書分為三本，分別對應小一小二、小三小四、小五小六程度的學生。本書建議小一、小二學生選用。

本書按照「**指出難點**（難在哪裏）**→ 指導解決難點**（試試看、閱讀策略怎麼用）**→ 典型錯題分析**（常犯哪種錯）**→ 難點特訓**（特訓場）**→ 知識拓展**（你知道嗎）**→ 綜合測試**（來挑戰吧）」的主要架構來安排內容。

## 不同的部分有甚麼特色？

**給爸爸媽媽的話**：為解答爸爸媽媽在輔導孩子時遇到的問題，我們對「階梯閱讀平台」中積累十多年的錯題情況進行分析，找出孩子閱讀碰到困難的原因，並提供相應的解決方法。希望能幫助爸爸媽媽更好地輔導孩子，提升閱讀水平。

**難在哪裏**：在這個部分，讀者可以看到本章提到的閱讀難點是甚麼，解決這個難點對他們有甚麼幫助。

**試試看**：這個部分用簡單易懂的語言告訴讀者，可以用甚麼方法解決碰到的閱讀難點。一步一步跟着做，讀者會發現，其實解決問題並不難！

**閱讀策略怎麼用**：在進行閱讀訓練前，我們提供了可對應解決本章難點的閱讀策略。根據祝新華教授提出的「六層次閱讀能力系統」，我們從理論描述和實際應用兩個角度，告訴讀者應該用何種策略去應對問題，提出有理論基礎支持的建議。父母可以先細讀這一部分，根據我們提供的建議，帶領孩子完成特訓場的練習，更可將同樣的方法用在平時的閱讀練習中。

**常犯哪種錯**：在這裏，你可以看到「階梯閱讀平台」上與閱讀難點相關的題目，孩子們常犯甚麼樣的錯誤，哪些題目的出錯率最高。對照典型錯題，再想想自己：如果我來做，我會犯同樣的錯嗎？為甚麼會犯這樣的錯呢？相信讀者一定可以有所收穫。

**特訓場**：我們在階梯閱讀平台中精心選出級別配合讀者水平的篇章，體裁豐富（包括詩歌、記敍文、寓言、說明文、實用文等等），題材多樣（童話故事、日常生活、歷史知識、社會通識、科學知識等等），并配合本章所提到的閱讀難點進行特訓。其中，貼合 TSA 考試的題型將會以 ★ 標示。完成每篇練習後，讀者可以利用特設的表格，來記錄下自己所用的時間，並且逐項對照表中提醒的檢查措施自己有無做到，以便養成檢查的好習慣。

在一些文章後，還配有「**你知道嗎**」這個環節，介紹與文章相

關、從文章延伸出來的有趣課外知識，拓寬視野，也增加了閱讀的趣味。

**來挑戰吧**：在這裏，我們設置的測試題綜合體現了前面的幾大難點，以便檢查練習效果。這些題目，除了能體現閱讀難點外，也參考 TSA 測試的題型和考核點，能配合考試的要求。

最後，讀者可以從**「答案詳解」**中找到每道題的正確答案，並查看詳細解釋，明白為甚麼要選它。

現在，大家一定對這本小書有了更多的了解了吧？相信在爸爸媽媽的幫助下，孩子們一定可以通過特訓提升閱讀的能力！現在就讓我們一同進發，攻克這些閱讀上的難關！

# 給爸爸、媽媽的話

## 讓閱讀理解不再成為煩惱

我們為甚麼要閱讀？讀文章為甚麼還要做練習題？

因為，閱讀是我們的理解能力、提取資訊能力、分析歸納能力的綜合體現。當你看報紙文章、聽新聞報導時，以上能力正在同時工作。而你能正確理解書籍報章的內容和別人說的話，全憑這種從小開始積累的閱讀理解力。

剛剛入讀小學的孩子，學習中文離不開字、詞、句、章。從認識單個字，到閱讀片段或短文，再到自己寫成一段話，孩子們每天都在進步。但漸漸地，你或許會發現，閱讀難住了不少小朋友。

通過梳理「階梯閱讀空間」上小一、小二孩子們做錯的題目，我們發現了幾大出錯原因：

- 字詞、句子基礎不牢固。
- 沒有認真通讀全文，不注意文章細節。
- 做題時沒有認真閱讀題目要求，不明白題目在問甚麼，不知道自己需要回答甚麼。
- 答題時沒有聯繫上下文內容，憑感覺或常識去做。
- 沒有檢查便提交。

問題找到了，可是要怎麼解決？針對以上的閱讀難點，我們做了這套書，希望能切實幫到爸爸、媽媽和孩子們，能幫助孩子提高閱讀理解的準確率。

而在日常生活中，爸爸、媽媽可以試試下表中提到的方法：

| 做閱讀練習時，孩子可以怎樣做？ | 逐行通讀全文（必要時可逐個字指讀），梳理清楚事情經過，明白文章講述的是甚麼內容。<br>做字詞類題目，須先回憶字詞基本意思，並根據上下文的提示判斷字詞在句子中的含義是甚麼。<br>利用關鍵字詞幫助理解句子意思。<br>做意旨題，首先要讀懂題目。可以圈出問題中的關鍵字（諸如「是／不是」、「正確／不正確」、「對／不對」等等），明白題目在問甚麼。<br>根據問題的提示，到文章中找對應的細節資訊。<br>當發現自己對文中句子意義不清楚不理解的時候，須反覆讀，並根據關鍵詞、聯繫上下文幫助理解。<br>細心辨別選項中的差別，對照問題排除錯誤的選項。<br>注意完成練習後要檢查自己做得對不對，養成檢查的好習慣。 |
| --- | --- |
| 日常生活中，爸爸媽媽可以怎樣做？ | 幫助孩子打好字詞基礎[1]：<br>• 記住字詞讀音和意思，例如日常多留心生活中所見的招牌、標語用字。<br>• 運用拼音或注音輔助識字，幫孩子掌握和辨識與他們學習程度相匹配的字詞。<br>• 辨別形近字、音近字，可將它們寫在紙上，用圈出相異處、組詞等方法作出對比後記憶，印象會更深刻。<br>• 掌握近義詞，反義詞。可利用每天的閒暇時間，用口頭造句的方法幫助孩子掌握用法。<br>耐心聽孩子複述所讀文章的內容，幫助孩子慢慢提升歸納能力。<br>在閱讀或做練習時，為孩子計算時間，有助於提升孩子的專注度、訓練閱讀速度。<br>引導和帶領孩子看涵蓋多元資訊的書籍，尤其注重科普類、百科知識類、歷史類。閱讀更多不同主題的素材，有利於提升孩子的閱讀能力。[2]<br>在閱讀故事類書籍時，可多讀文字優美的完整的一本書。 |

在這套書中，我們針對各個閱讀難點去做特訓，每篇文章的問題，也是對應本章提到的閱讀難點而設，專注於幫孩子逐個擊破這些常見的難關。用好每篇練習中的「查一查」，能幫助孩子養成完成練習即做有針對性檢查的好習慣。

針對小學階段孩子心理發展的不同階段，我們將本套書分成了三冊，難度也隨年級上升而加深。若爸爸、媽媽認為需要做每篇文章考查得更全面的練習，也可以參考坊間其他讀物。例如在「階梯閱讀空間」中，就有四千多篇涵蓋百科知識、文化通識、文學故事、名人名篇、實用文等主題的文章，皆配以字詞、意旨乃至寫作（高年級）的閱讀練習。

小樹苗並不能一朝長成參天大樹，提升閱讀能力同樣也是一件需要時間的工作。讓我們一齊為孩子打好語文基礎，使閱讀不再成為煩惱；願孩子們在日後的各科學習中更得心應手，能在知識的海洋中任意暢游！

1 根據《兒童閱讀的世界——讓孩子學會閱讀的教育研究》（李文玲／舒華主編，北京師範大學出版社出版）所提到的理論。

2 根據謝錫金教授《兒童閱讀能力進展：香港與國際比較》。

# 第一課：辨析字詞

難在哪裏？

要清楚句子中應該用甚麼字或詞

考考你：
是「做家務」還是「作家務」？

當你要在日記上寫下你今天幫媽媽掃地和洗碗時，你應該寫成「做家務」還是「作家務」？

當有一位小朋友撒謊了，你是會說「我以為這是錯的」，還是「我覺得這是錯的」？

你一定發現了，這兩個句子中需要選擇的字詞，意思十分相近呢！

「做」和「作」都有「從事某種活動」的意思，但是我們只能說、寫成「做家務」；

「以為」和「覺得」都有「自己想」的意思，但在今天的中文裏，「以為」表達的是「我這樣想，但事情最後的結果並不是這樣」，所以我們只能說「我覺得這是錯的」，而不能用「以為」。

記住這些詞語的基本意思和用法，你就能說得對。

通過各種各樣的文章去學會怎樣運用字詞，能幫助我們：

- 真正明白和掌握字詞的意思和用法。
- 正確理解文章或別人的話的真正意思。
- 正確表達自己的想法，不會鬧笑話或引起別人的誤會。

試試看！

平常，要在說話和閱讀文章時準確運用字詞，我們可以這樣做：

了解字詞的基本含義

　　1）了解字詞的基本讀音、含義。

　　2）跟着課本學生字詞。

　　3）在生活中留意各種字詞是怎樣用的。

選擇正確的字詞

　　1）想清楚我想表達／文章想表達甚麼？

　　2）我應該用甚麼字／詞來正確表達自己？文章用的這個字詞準確嗎？

　　3）實在不知道選哪一個／文章用得對不對，來問問老師和家人，或者查查字典吧！

常常在生活中一邊運用一邊思考，你一定能將字詞基礎打好！

## 閱讀策略怎麼用？

　　認讀字詞，在閱讀策略中屬於第一層次 ——「複述」。它是我們日常交流和讀寫文章的基礎。而知道在句子中應該用怎樣的字詞，則屬於閱讀策略中的第二層次 ——「解釋」。

　　當我們想把詞語用好，應該怎麼做？通過閱讀，我們應該訓練哪種能力？來看看下面這個表格，也許能給你一點提示呢！

| 你的閱讀能力 | 你的策略 | 你需要做怎樣的訓練？ |
| --- | --- | --- |
| 複述 —— 認讀原文抄錄詞句 | 辨認、抄錄詞句，指出事實 | 1）平日學習時細心記住不同詞語的意思。<br>2）想想用哪個詞語最能表達作者 / 自己的意思。 |
| 解釋 —— 用自己的話解釋詞語 | 1）解釋文中的詞語、短語的意義<br>2）解釋語句的表層意義 | 1）仔細讀句子，解釋詞語、短語的意義。<br>2）通過句子的內容的提示，想想如果換成意思相近的詞是否可以呢？用哪一個更好？<br>3）想一想，如果換了詞語，句子的意思又會不會不一樣呢？ |

常犯哪種錯？

## 我的小天地

我有一個小房間。

房間裏有一張牀、一張書桌和一把椅子。書桌上放着幾本故事書，還有兩幅我小時候的照片。牆上貼着一些我自己做的美勞作品。這些都是我心愛的東西。

我有時會坐在書桌前看書、寫字，有時會躺在牀上聽音樂，有時還會在房間裏拉小提琴呢。

我喜歡我的房間，它是我的小天地。在這個小天地裏，我感到很舒服、很愉快。

**典型錯題：**「階梯閱讀空間」錯誤率 48.5%

這一 ＿＿＿＿ 窗簾掛歪了。

A. 張

B. 面

C. 幅

錯在哪裏？

不少小朋友選擇了 B。其實這題是在考查小朋友們用量詞與事物搭配的能力。使用量詞與名詞搭配來表示數量，是中文的一個特色。而我們在日常生活中，記得要多留心量詞的正確使用方法。

中文的量詞使用是有規律的。比如這道題中，三個量詞都可以與薄薄

的、成片狀的事物搭配，但因為做窗簾的材料往往是布，而與「布」搭配的量詞就是「幅」，所以這裏也沿用「幅」這個量詞。

多多留心日常生活中大人對物件數量的描述，你就會掌握越來越多的量詞了。

正確答案: C

## 水裏的鏡子

池塘裏有條小魚。游了一天，牠想回家休息了。突然，牠發現有樣東西一閃一閃的，牠仔細一看，忍不住叫起來：「多漂亮的鏡子啊！」

小魚想：「要是把鏡子搬到家裏，讓大家都能照一照多好！」於是小魚小心地游到鏡子邊，但牠還沒碰到鏡子，鏡子就碎成一小片一小片了。小魚以為是自己把它打爛了，心裏難過極了。但是，不一會，那鏡子又圓了起來。

小魚正在發呆，只聽見一陣「哈哈」的笑聲，原來是這裏最有學問的蝦爺爺拖着長鬍子過來了：「傻孩子，這不是鏡子，這是天上的月亮留在水面上的影子。」小魚抬起頭。看看天上的月亮，又看看水面，不好意思地笑了起來，連池塘裏的月亮也跟着笑了。

**典型錯題：**「階梯閱讀空間」錯誤率 49%

家兒誤 ＿＿＿，所有的星星都比太陽小。

A. 發現

B. 覺得

C. 以為

錯在哪裏？

這道題有很多小朋友選擇了 B。這三個選項都是近義詞，它們都有「想到」、「知道」的意思，那麼區別在哪裏呢？

「發現」是指看到或找到從前不知道的事物或規律；「覺得」有感覺到，認為的意思；「以為」在今天則基本上用於講述不是按自己想法發展的事情或東西。

了解了這幾個詞語之間的區別，我們來看看句子的具體內容：後半句比較完整，但「所有的星星都比太陽小」這個說法是不正確的。再來看看前半句，有個「誤」字，所以我們能確定其實家兒的想法是不對的。在三個近義詞中，只有「以為」才能最恰當地表達這個意思。

正確答案：C

特訓場

### 校工汪伯伯

汪伯伯是我們的校工，他大約五十歲，頭髮有點花白，身材高高瘦瘦的。

我們常常看見汪伯伯 ＿＿＿＿＿＿＿ 着水桶、＿＿＿＿＿＿＿ 着

毛巾在 _____ 桌椅，還用拖把來 _____ 地板，把校園 _____ 得乾乾淨淨。

　　我們也常常看見汪伯伯替花兒澆水和除草。校園裏一年四季都有花朵開放，汪伯伯的功勞不小呢。

　　汪伯伯對我們也很關心，他常常說：「小孩子要聽老師的話，把功課做好。」

　　汪伯伯真是一個好校工。

★ 1) 請你從第一段中，找出一個適當的詞，把下面這個句子補充完整吧！

那位頭髮 _____ 的老人家，原來就是這所學校的校長呀！

★ 2) 下面哪一個詞語，與「花白」意思相近？　　　　　　　　　（　　）

A. 雪白　　B. 斑白　　C. 黑白

★ 3) 文章中的空缺位置，應該填上甚麼字詞？請你按順序選一選吧！

A. 提　　B. 清潔　　C. 打掃　　D. 拿　　E. 抹

_____

★ 4) 第三段中，哪一個動詞能表示「去掉」的意思？　　　　　（　　）

A. 澆　　B. 除　　C. 放

★ 5) 下面這段話，總結了這篇文章的主要內容。請你把它補充完整吧！

這篇文章講述了校工汪伯伯 _____ 校園，

_____ 花草，_____ 同學，稱讚他是一位

好校工。

○ 我完成所有題目了嗎？

○ 我有看清楚題目中的關鍵詞嗎？

○ 我有哪一題不肯定？仔細看看上下文，再想一想！

○ 所有的選擇都是我想選的嗎？

我做對了

_____ 題！

時間：

_____ 分鐘

---

**慢慢做**

弟弟讀書讀不懂，妹妹縫衣縫不攏。

一個煩來一個惱，大家弄得氣沖沖。

弟弟妹妹你莫氣，慢慢做便會成功。

哪有一鋤挖成井，哪有一筆畫成龍。

我們只要功夫深，鐵棒也能磨成針。

---

★ 1)「妹妹縫衣縫不攏」這一句中，「攏」字是甚麼意思呢？　　（　　）

　　A. 合上　　B. 靠近　　C. 收起來

★ 2)請你找一找：第二句中哪一個詞，用在下面的句子中是最好的？

（　　）

　　媽媽 ____ 地回到藥店中，想找老闆問清楚為甚麼貨不對板。

A. 氣沖沖　　　　B. 煩惱　　　　C. 弄得

★ 3)「弟弟妹妹你莫氣」中的「氣」，與下面哪一項的意思最接近？　　（　　）

A. 空氣　　　　B. 生氣　　　　C. 氣味

★ 4)「我們只要功夫深」，這句話中的「功夫」是指甚麼？　　（　　）

A. 武功　　　　B. 體力　　　　C. 努力

★ 5) 是非題：請你想想，下面這句話對不對呢？如對請打「✓」，如錯請打「✗」。

這首童詩，告訴我們遇到困難時不要害怕，快快解決問題不要拖拉。

（　　）

○　我完成所有題目了嗎？

○　我有看清楚題目中的關鍵詞嗎？

○　我有哪一題不肯定？仔細看看上下文，再想一想！

○　所有的選擇都是我想選的嗎？

我做對了

＿＿＿＿＿題！

時間：

＿＿＿＿＿分鐘

## 你知道嗎？

「只要功夫深，鐵棒磨成針」，老師和爸爸、媽媽常常用這句話來鼓勵我們堅持努力做事，不要放棄。這句話的由來，與唐代著名詩人李白有很大關係。

相傳李白小時候很頑皮，常常到處玩樂卻無心讀書。有一天，他經過河邊，看到一位老奶奶在磨鐵棒子。他很好奇，問：「奶奶，請問您為甚麼要磨這根鐵棒呢？」老奶奶說：「我要把它做成繡花針呀！」

李白聽完嚇了一跳，那麼粗的鐵棒，要磨成繡花針，那得花多少時間啊！老奶奶笑了，說「只要我堅持不放棄，總有一天會把它製成的。只要功夫深，鐵棒也能磨成針啊！」

李白聽了大受啟發，回家後就開始發奮讀書，後來終於成為了一代「詩仙」，成為中國古代文學史上一位偉大的文學家。

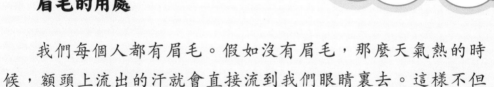

## 眉毛的用處

我們每個人都有眉毛。假如沒有眉毛，那麼天氣熱的時候，額頭上流出的汗就會直接流到我們眼睛裏去。這樣不但令我們看東西變得模糊，對眼睛也是有害的。現在眉毛能把汗滴擋住，讓它往眼邊流下去，不會直接流入眼中。

眼睛是我們臉上最美麗的一部分。不但是因為它外形好看，還因為眼瞼上下迅速運動，容易顯出生命的活力來。眼睛閉上的時候，別人就會覺得我們的樣子不一樣了。因此眉毛生在眼睛之上，便成為了臉部的另外一道風景。

★ 1) 請在第一段中選出一個詞，將下面這句話補充完整。

那美麗的山峯漸漸變得 _____，船已經開遠了。

★ 2) 在第二段中，哪一個詞最適合表達「旺盛的生命力」這個意思？

_____

★ 3)「眉毛生在眼睛之上，便成為了臉部的另外一道風景。」這句話中的「風景」，是指甚麼意思呢？　　　　　　　　　　　（　　）

A. 大自然的美麗景色　　B. 吸引人的相貌特點　　C. 令人稱讚的行為

★ 4) 我們可以怎樣描述眉毛的作用呢？請利用文章裏的詞語，把下面這段話補充完整吧。

眉毛能 _____ 住汗滴，阻止它 _____ 到眼睛裏去。而且，因為它 _____ 在眼睛之上，而眼睛又能 _____ 人的活力，所以成為人們臉上的一道 _____。

○ 我完成所有題目了嗎？

○ 我有看清楚題目中的關鍵詞嗎？

○ 我有哪一題不肯定？仔細看看上下文，再想一想！

○ 所有的選擇都是我想選的嗎？

我做對了

_____ 題！

時間：

_____ 分鐘

## 放風箏

上週末我們一家人到郊外去放風箏。

藍藍的天上飄着幾朵白雲，微風輕輕地吹，哥哥的蝴蝶風箏搖搖擺擺地飛上了天空。我追着蝴蝶，興奮地大叫。後來，蝴蝶越飛越高，越來越小，它由大蝴蝶變成小蝴蝶了。

這時，幾隻小鳥飛來，牠們一會飛向蝴蝶，好像要和它交朋友；一會又飛進白雲，好像要和蝴蝶比高低，真有趣。

★ 1) 在第二段中，哪一個詞生動地描寫了風箏的姿態？請你把它寫下來吧！

_____

★ 2) 請你在第二段中，找到恰當的詞語，來完成下面這句話。

因為爸爸、媽媽的辛勤勞動，我們家的生活過得 _____ 好。

★ 3) 要完成下面這句話，應該選用哪一項呢？

他 _____ 要去幫忙搬運體育器材，_____ 又要去幫老師登記資料，忙得團團轉。 （　　）

13

A. 越來越……

B. 一會……一會……

C. 既……又……

★ 4) 在第三段中，有哪一個詞與「好玩」的意思最接近？ （　　　）

A. 有趣　　B. 好像　　C. 高低

★ 5) 文章用一連串的動詞描述了「我們」放風箏的過程，你能把它們都找出來並填好嗎？

風箏_____地_____上天空，我_____風箏，興奮地_____。風箏越_____越高。

○　我完成所有題目了嗎？

○　我有看清楚題目中的關鍵詞嗎？

○　我有哪一題不肯定？仔細看看上下文，再想一想！

○　所有的選擇都是我想選的嗎？

我做對了

_____題！

時間：

_____分鐘

### 畫雞 【明・唐寅】

頭上紅冠不用（裁　剪），
滿身雪白走將來。
平生不敢輕（說話　言語），
一叫千門萬戶（開　關）。

★ 1）請你來當小詩人，看看詩歌裏括號中，哪個字／詞用得最恰當？請在正確的字詞上打「✓」。

★ 2）詩句中用表示顏色的詞語，把大公雞的形象描畫得很生動。它們分別是哪兩個？

　　_____ 、_____

★ 3）詩中有一個詞，與下面這句話中的劃線詞語意思十分相近，請你用「_____」把它找出來吧！

　　清晨，溫暖的陽光照進<u>千家萬戶</u>。

★ 4）請你選擇一個適當的詞，將下面這句話補充完整吧！（小提示：這個詞在詩歌中出現過呢！）

　　弟弟大_____起來：「姐姐小心！你的身後有車來啦！」　　　（　　）

　　A. 說　　　　B. 講　　　　C. 叫

★ 5）猜一猜，「滿身雪白走將來」中的「走將來」，是甚麼意思？　　（　　）

　　A. 走近過來　　　　B. 走到未來

○　我完成所有題目了嗎？

○　我有看清楚題目中的關鍵詞嗎？

○　我有哪一題不肯定？仔細看看上下文，再想一想！

○　所有的選擇都是我想選的嗎？

我做對了

_____ 題！

時間：

_____ 分鐘

## 你知道嗎？

　　唐寅是明代著名的畫家、書法家、詩人，字伯虎，也就是那位我們都熟悉的「唐伯虎」。他被稱為明朝中期時的「江南第一才子」，曾經在朝廷組織的考試中考過第一名（解元）。

　　唐寅的畫吸取了很多名家的長處，形成了自己獨特的風格，既有高超的技巧，也極其富有韻味。不論畫人物、花鳥、山水，他的畫都有很高的藝術水平。

　　事實上，除了畫畫，唐寅在文學和書法上也很有成就。他的詩常常用簡單的語言，直白地表達自己的看法，抒發自己的感情。《畫雞》就是一首他題在畫中的詩，實際上寄託了他的理想和抱負：希望自己成為有影響力的人。

## 參加春遊的公告

佈　告

　　本校訂於二〇一八年四月二十日舉行春季旅行，目的地為大帽山郊野公園。各級同學須於當天上午八時三十分，按照平日早會列隊方式到學校操場集合，由班主任指揮登上旅遊車。旅遊車將準時於八時四十五分離開學校，過時不候。

　　此佈

XX 小學校務處

二〇一八年四月六日

★ 1) 請在這份佈告中找出一個適當的詞語，填入下面的句子中，令它成為一個完整的句子吧！

這個週末，體育中心將會 ＿＿＿＿＿＿＿ 一場校際籃球比賽。

★ 2) 這份佈告中，哪一個詞語最能表達「按照時間（做事）」的意思？

＿＿＿＿＿＿＿＿＿＿＿＿＿＿＿＿＿＿＿＿＿＿＿＿

★ 3)「過時不候」中的「候」字，與下面哪一個詞語最接近？（　　）

A. 等候　　B. 時候　　C. 氣候

★ 4) 請將以上佈告中關於時間的內容填入下面的表格中吧！

| | |
|---|---|
| 校務處發出此份佈告的時間 | |
| 舉行春季旅行的時間 | |

| | |
|---|---|
| 目的地 | |
| 參加人物 | |
| 集合時間 | |
| 出發時間 | |

★ 5) 根據佈告的提示，如果一位小朋友在旅行當天上午九時到達學校，那麼他會： （　　）

A. 與同學們一齊上車。

B. 剛好在開車時間趕到。

C. 沒法參加這次旅行。

O 我完成所有題目了嗎？

O 我有看清楚題目中的關鍵詞嗎？

O 我有哪一題不肯定？仔細看看上下文，再想一想！

O 所有的選擇都是我想選的嗎？

我做對了

_____ 題！

時間：

_____ 分鐘

# 你知道嗎？

實用文在我們的日常生活中常常可以見到。通知、佈告、啟事、留言條、信件、海報、指引、新聞稿件、產品使用說明等等，都屬於實用文。

各種不同的實用文，能幫助機構和人們進行溝通。所以，實用文要寫得簡單清楚，大家才能更容易了解到必要的信息。

絕大部分的實用文，都有一定的格式。比如信件、留言條一定要有收信人的稱呼，有寫信人的落款和時間，要說清楚有甚麼事需要收信人知道或去做的；佈告和啟示一定要寫清楚發佈者的名稱，以及發佈的日期；海報就要寫清楚要宣傳的內容，例如聖誕晚會的海報，要寫清楚甚麼時候舉行、地點在哪裏以及誰能參加等。

你寫過實用文嗎？來試試，給媽媽寫張留言條吧！

# 第二課：理解句子

難在哪裏？

明白句子要表達的意思

考考你：

這個句子在寫甚麼？

要讀懂一篇文章，我們首先要明白每一個句子：它在說甚麼人／甚麼事物？它要表達甚麼意思？

請你讀讀下面這兩句話：

加拿大東部大西洋上的塞布爾島，每年都要向東移動 100 多米。兩百年來，它已經向東「走」了 20 公里。

你能把這兩句話的意思給爸爸、媽媽講一下嗎？

比較好的答案，是「塞布爾島在兩百年來已經向東移動了 20 公里」。第二句中的「走」，實際上就是第一句中提到的「移動」。

當我們知道了這兩個句子的意思，便可以明白塞布爾島最大的特點是甚麼，甚至可以猜猜下文會講些甚麼 —— 會是解釋塞布爾島會移動的原因嗎？

在讀懂句子的過程中，我們的閱讀能力需要達到「複述」、「解釋」這兩個層次。我們需要認讀出原文句子，指出它所講述的事實；還應能用自己的話語解釋句子的表面意思。有的同學還能猜出句子更深的含義呢！這時，他用到的就是更高一層的閱讀能力了。

能讀懂句子，我們就能夠：

- 學會理解別人話中的含義。

- 學會準確表達自己的想法。

- 令自己寫下的內容更準確生動。

試試看！

讀懂句子有那麼多的步驟，看上去真難呀！別怕，讓我們一步一步來將它拆解！

**先看看句子在文章的哪個部分？**

句子在文章開頭：看看下文在說甚麼；

句子在文章中間：既要看看上文內容，又要看看下文的內容；

句子在文章結尾：清楚地了解上文所講述的內容。

**想想平時生活中：**

你看到的是甚麼？你能聽到甚麼？你會感受到甚麼？你學到的知識是怎樣的？

上述的感受，與句子描述的事物或情景，有哪些相同或不一樣的地方？

作出對比，你就更容易明白句子中表達的情緒和感覺。

**根據生活的體驗，展開豐富的想像：**

把自己當成是文章／故事裏的一分子吧！

把自己想像為句子描述情景中的一分子，就好像身在其中，成為故事的其中一員，你一定能更容易明白句子的意思！

## 閱讀策略怎麼用？

要明白每一句話在說甚麼，我們的大腦是怎樣開動的呢？下面表格中的顏色從淺到深，也就代表着大腦思考問題從易到難的過程：

| 你的閱讀能力 | 你的策略 | 你需要做怎樣的訓練？ |
|---|---|---|
| 複述—認讀原文抄錄詞句，指出顯性事實 | 1）找出原文詞句，找到所需了解的事實 | 1）找出要求中提到的字詞，和它所在的句子。 |
| 解釋—用自己的話解釋詞語、表面句意 | 1）找出關鍵字<br>2）邊讀邊聯想<br>3）聯繫生活經驗理解內容 | 1）仔細讀句子，找出關鍵字／詞。<br>2）聯繫生活感受內容，理解語句的表層含義。 |

| 伸展－推得隱含意義 | 1）聯繫上下文 | 1）仔細閱讀句子內容涉及的上下文。 |
|---|---|---|
| | 2）抓住事物的特點理解內容 | 2）根據上下文及關鍵字詞，推斷句子的深層意義。 |
| | 3）推測句子 / 文章隱藏的含義 | 3）推斷句子在上下文中的作用，對文章中內容的影響。 |

## 常犯哪種錯？

### 坐飛船

黃昏的時候，小蒲公英張了傘，在空中飛。
梧桐樹的孩子們看得呆了，
要求它們的媽媽，
也讓它們到空中去旅行一回。
梧桐樹媽媽說：「現在你們坐的小船，
將來也會飛。等你們年紀大些，
我讓你們也到空中去旅行就是了。」
梧桐樹孩子聽了，個個點點頭，
不再說甚麼了。

**典型錯題：「階梯閱讀空間」出錯率 83%**

「你們坐的小船」指的是梧桐樹的：

A. 葉子　　　B. 果實　　　C. 花　　　D. 種子

正確答案: B

錯在哪裏？

　　此題最多小朋友選擇 A 葉子。讓我們來看看，這個句子出現在哪裏？句子出現在文章中間。所以要理解這個句子，上下文的內容都要考慮。上文說到「小蒲公英張了傘在空中飛」。這句話很重要，它告訴了我們是誰在空中旅行，是小蒲公英；而小蒲公英空中旅行的方式是張了傘。而梧桐樹媽媽說「現在你們坐的小船，將來也會飛」，其實告訴了我們，梧桐樹孩子將來到空中旅行的工具，就是它們現在所在的「小船」。

　　梧桐樹孩子、小蒲公英都是植物媽媽的孩子，指的是種子。而能夠帶着種子離開媽媽的，自然就是果實了！所以，梧桐樹媽媽說的——現在能讓孩子們坐着，以後能帶孩子們離開的「小船」，就是指果實。雖然葉子也能隨風飄落，但卻沒法帶上梧桐樹的孩子呢！

## 弟弟寫日記

　　弟弟寫了一篇日記，媽媽看後不由得大笑起來。日記是這樣寫的：

　　「今天天氣很好，花園裏的花都開了。有紅色的，有黃色的，很好看。但是有一個姐姐，她摘下了一朵最好看的花。她還對她的媽媽說：『媽媽，我把最好看的一朵摘下來了！』」

　　「我很不高興，便對她說：『姐姐，花園的花是大家的，你摘花，就變成睬花賊啦！』可是姐姐不採我，所以我很不喜歡她。」

　　媽媽笑着對弟弟說：「哈哈，『睬花』就是看花，怎麼算是賊呢？你又不是花，難怪姐姐不『採』你啦！」

　　弟弟還不知道自己寫錯了字，問：「那我應該怎麼做？」

　　媽媽笑着說：「你把兩個字互換位置，就會知道有甚麼不一樣啦！」

**典型錯題：「階梯閱讀空間」錯誤率 71%**

媽媽說「難怪姐姐不『採』你」，是甚麼意思？

A. 摘花的姐姐不能算是賊。

B. 那位姐姐只是在看花。

C. 弟弟不是花，姐姐不能採。

D. 開玩笑地指出弟弟寫了錯字。

正確答案: D

錯在哪裏？

這一個問題，最多小朋友選的是 B，也有不少小朋友選 C。

讓我們首先來看看媽媽這句話出現在故事的哪裏。它出現在文章的第四自然段，前面還有半句話是「哈哈，『睬花』就是看花，怎麼算是賊呢？你又不是花⋯⋯」。

再仔細想想，這前半句話，針對的是弟弟日記中寫的錯字「睬花賊」，後半句話則指的是他寫到「姐姐不採我」。到這裏，你一定能看出來，弟弟把「睬」和「採」兩個形近字的意思和用法都記反了。

所以，媽媽說的這句玩笑話，正是要告訴弟弟他寫了錯字，還順便告訴他區分兩個字的小妙招。這位媽媽非常聰明，並沒有直接責罵弟弟寫錯字，而是用玩笑的方法提醒他，相信弟弟會記得更加牢固呢！

選擇 B 和 C 的小朋友，只看到了句子表面詞句表達的意思，卻沒有聯繫上下文，就不能理解媽媽說這句話到底是想做甚麼，並找到正確答案。

請記住，在回答問題時，一定要先了解別人前後說了甚麼，文章中上下文都在講述甚麼內容，這樣你的答案才會準確呢！

## 小強擺烏龍

在日記中，小強寫到：「在這家酒店前面停滿了漂亮的車，有奔弛，寶馬……」

爸爸看到了，對小強說：「小強，按照你這樣寫，『奔馳』這家公司的車可有麻煩了。」

小強不明白，問：「為甚麼？」

爸爸說：「因為，他們的車會越跑越慢。你看，你不是寫了部首是『弓』字的『弛』嘛，『弛』就是放鬆的意思啊！」

小強還沒弄明白：「那為甚麼汽車公司會起這樣一個中文名字呢？」

這時候，哥哥聽見了，哈哈大笑地說：「你真是不留心觀察！Benz 中文名字裏的『馳』字，應該是『馬』字旁的。車的速度像馬那樣，才跑得快嘛！」

小強這才明白過來，他撓撓頭不好意思地說：「這下可擺了大烏龍啦！」

**典型錯題：「階梯閱讀空間」出錯率 71.4%**

根據哥哥的理解，為甚麼 Benz 的中文譯名是「奔馳」？

A. 因為「奔馳」代表馬的速度快。

B. 因為「奔馳」的讀音與 Benz 一樣。

C. 因為「奔馳」本來就是那家汽車公司的中文名字。

D. 因為「奔馳」寓意車速與馬速一樣快。

正確答案: D

錯在哪裏？

　　此題很多小朋友選了 A。大家是不是一看到「奔馳」這個詞就與正在奔跑的駿馬聯繫起來呢？這估計正是 Benz 起中文名字時想要的效果呢！

　　但是，即使你明白了這種含義，要答題時卻不能受它的影響啊！

　　我們首先要找找「Benz 中文名字」出現在哪裏。它出現在倒數第二段。看看前文，小強奇怪為甚麼外國汽車公司會用「奔馳」這個中文名字，再看看後文，則提到「車的速度像馬那樣才跑得快」。

　　聯繫上下文，我們就會明白，此題應該選 D。而 A 則只提到了馬的速度快，沒有與汽車聯繫起來，不夠完整。

　　以後做閱讀理解時，請記得要選描述得最完整的答案呀！

特訓場

**買火柴**

媽媽叫孩子去買火柴，叮囑他：「擦不着的不要買。」

孩子很高興地去買了。

回來時他笑嘻嘻的，對媽媽說：「我買的火柴，根根

都好。」

　　媽媽問他：「你怎麼知道？」

　　孩子説：「這一盒火柴，木梗乾燥，燃料也好，我每一根都擦過了。」

1）媽媽給了孩子一個任務：＿＿＿＿＿＿＿。

★ 2）媽媽叮囑孩子「擦不着的不要買」，是甚麼意思呢？　　　　（　　）

　　A. 讓孩子每一根火柴都試試，看能不能擦得着。

　　B. 提醒孩子要買質量好的火柴。

3）買火柴回來時，孩子的神情是怎樣的？　　　　　　　　　（　　）

　　A. 很高興　　B. 不高興　　C. 笑嘻嘻

4）孩子為甚麼說他買的火柴很好？　　　　　　　　　　　　（　　）

　　A. 因為他每一根都試過，是可以擦着火的。

　　B. 是商店的人告訴他的。

　　C. 因為他買的火柴與媽媽買的一樣。

5）孩子最後一句話表明了甚麼？下列哪一句話正確呢？對的請打「✓」。

　　A. 這盒火柴已經不能用了。　　　　　　　　　　　　　（　　）

　　B. 這盒火柴品質很好，媽媽可以放心使用。　　　　　　（　　）

○ 我完成所有題目了嗎？

○ 我有看清楚題目中的關鍵詞嗎？

○ 我有哪一題不肯定？仔細看看上下文，再想一想！

○ 所有的選擇都是我想選的嗎？

我做對了

_____ 題！

時間：

_____ 分鐘

## 長生不死法

　　從前有一個道士，他聽説有個人懂得「長生不死法」，就派他的徒弟去拜訪那個人，向他請教長生不老的方法。只是徒弟去到那裏時，已遲了一步，那個人已經死了。

　　道士發怒，責怪徒弟走得太慢。旁人聽見後，説：「你要向那個人請教的不是長生不死的方法嗎？現在那個人自己都不能長生不死，你請教他有甚麼用呢？」

★ 1) 故事中的道士，想知道甚麼而派徒弟去拜訪別人？　　　　（　　）

　　A. 他想知道人是不是真的能長生不死。

　　B. 長生不死的方法。

　　C. 到底甚麼人才能長生不死。

2) 看到下面哪一項，我們就可以知道徒弟沒問到那個人？　　（　　）

　　A. 拜訪　　B. 遲了一步　　C. 聽説

★ 3) 道士為甚麼要責怪徒弟呢？ （ ）

因為

A. 徒弟走得太慢，那個人已經走了。

B. 徒弟沒有認真地去找那個人。

C. 徒弟去到那裏時，那個人已經死了。

★ 4) 旁人為甚麼認為道士責怪徒弟是不對的呢？ （ ）

因為

A. 道士想找的人根本就不能長生不死，他不應該找那個人。

B. 徒弟也不知道那個人會死，道士冤枉了徒弟。

C. 實際上，徒弟走得並不慢，而且道士應該親自去找那個人。

★ 5) 從故事中「道士發怒，責怪徒弟走得太慢」這句話，我們可以想到這個道士是個怎樣的人呢？下面哪一句話才正確？ （ ）

A. 道士是個熱愛學習的人。

B. 道士對徒弟的要求非常嚴格。

C. 道士並不是個聰明人。

○ 我完成所有題目了嗎？

○ 我有看清楚題目中的關鍵詞嗎？

○ 我有哪一題不肯定？仔細看看上下文，再想一想！

○ 所有的選擇都是我想選的嗎？

我做對了

_____ 題！

時間：

_____ 分鐘

# 你知道嗎？

道教是唯一一個發源於中國，由中國人創立的宗教。關於道教，有一些趣聞，快來看看你都知道嗎？

香港黃大仙祠中供奉的黃大仙，即是道教中著名的赤松仙子，以行醫濟世為懷而受人尊敬。

中國四大名著《西遊記》中，玉皇大帝統治下的天庭和神仙，基本上都以道教為主。

每年農曆七月華人祭拜祖先的中元節，也來源於道教，人們常稱作七月十四或七月半。香港特區的「中元節（潮人盂蘭勝會）」，被列入中國國家級非物質文化遺產名錄。

在中國內地，武當山、三清山、峨眉山等，都是道教聖地，每年吸引數以萬計的遊客前去觀光旅遊。太極拳的祖師爺張三丰，就是一位道士，曾生活在武當山上。

## 多說話沒有益處

中國古代有一個學問家叫墨子。一天，他的學生問墨子說：「多說話，有沒有益處？」

墨子說：「多說話是沒有益處的。青蛙常常一夜叫到天明，也沒有人去聽牠在叫甚麼。而雄雞，在天明時才一叫，人家就都被牠驚動了。說話是要在應當說的時候說，多說有甚麼用呢？」

1) 墨子的學生問他一個甚麼問題呢？請你用「～～～」在故事中找出來。（第一段）

★ 2) 墨子舉了 _____ 和 _____ 這兩種動物的例子，來說明一個甚麼問題？　　　　　　　　　　　　　　　　　　　　（　　）

A. 多說話有時是沒有益處的。

B. 多說話有益處。

C. 多說話沒有益處。

★ 3) 墨子認為雄雞的啼叫，有怎樣的特點？　　　　　　　　（　　）

A. 在適當的時候才叫，一下子就得到大家的注意。

B. 很少啼叫，只有有需要的人才會注意到牠。

C. 從不啼叫，但一啼叫就能引起別人的注意。

4) 從這個故事中，我們可以學到：

應該學習 _____，說話應該在 _____，不要

像 _____，說話很多卻沒人理睬。

○ 我完成所有題目了嗎？

○ 我有看清楚題目中的關鍵詞嗎？

○ 我有哪一題不肯定？仔細看看上下文，再想一想！

○ 所有的選擇都是我想選的嗎？

我做對了

_____ 題！

時間：

_____ 分鐘

## 孔子和子路談論箭

　　子路是孔子的學生。當他初次去見孔子時，他說：「南山的竹是天然生成的，可以拿來做箭，不需要人工再打造。按照這個道理，人們也有自然生成的本領，不必再去求學。」

　　孔子說：「南山的竹，天然生成可以做箭，但是，如果加上人工的打造，不是可以更銳利嗎？人們去求學也是一樣的道理。」

1) 從第一句中，我們可以知道，孔子是子路的 _____。

★ 2) 子路初次見孔子時，他有一種怎樣的想法？ 　　（　　）

　　A. 人有天生的本領，不需要求學。

　　B. 人的本領都是通過學習才能學會的。

★ 3) 孔子與子路的想法相反，他認為： （ ）

　　A. 人有天生的本領，不需要老師指導。

　　B. 人有天生的本領，再去求學，就能學得更好更多。

★ 4) 孔子和子路都用南山的竹作例子，來談論甚麼？ （ ）

　　A. 人有了本領是否還應該學習。

　　B. 人的本領是不是通過學習而得來的。

○　我完成所有題目了嗎？

○　我有看清楚題目中的關鍵詞嗎？

○　我有哪一題不肯定？仔細看看上下文，再想一想！

○　所有的選擇都是我想選的嗎？

我做對了

＿＿＿＿＿題！

時間：

＿＿＿＿＿分鐘

## 你知道嗎？

中國是一個有着五千年悠久歷史的國家。從古到今，中國出現了許多傑出的思想家、哲學家。他們的思想一直到今天還在影響着所有的中國人。孔子和老子就是其中的代表人物。

孔子，是春秋時期著名的思想家，教育家和哲學家。他創立了儒家學說；他提出「因材施教」、「有教無類」，認為教育不同的學生要用不同的方法，而且應該不分貴賤，每個人都應該受到教育。這些思想和做法一直到今天仍然對中國人有重要的影響。

老子，是春秋末期的思想家、哲學家和文學家，是道家學說的創始人，後來道教中的「太上老君」，就是指他。唐朝的皇族，都奉老子為祖先。他的代表作《道德經》，是全球文字出版發行量最大的著作之一。

老子像

## 田鼠的本領

在田野裏有一種小動物，名叫田鼠。牠有五種本領：能飛，能游水，能爬樹，能跑，能挖土。

但是，五種本領牠卻沒有一種是精通的。牠能飛，卻飛不高；能游泳，卻游不遠；能爬樹，卻爬不到頂；能跑，卻跑不快；能挖土，卻挖不深。牠雖然有五種本領，有時候卻一種也沒有用。我們學習可千萬不能像田鼠那樣啊！

1) 文章告訴我們，田鼠生活在甚麼地方？ （　　）

　　A. 山林裏　　　B. 池塘邊　　　C. 田野裏

2) 請你把田鼠會的五種本領寫下來吧！

　　_____、_____、_____、_____、_____

★ 3) 下面哪一句話，可以體現田鼠沒有一樣本領是精通的？ （　　）

　　A. 飛不高，遊不遠。

　　B. 牠既能挖土又能爬樹。

　　C. 我們學習可千萬不能像田鼠那樣啊！

4) 為甚麼說田鼠的本領有時候「一種也沒有用」？ （　　）

　　A. 有時會出現不適合田鼠施展本領的情況。

　　B. 因為田鼠的本領沒有一項是精通的。

　　C. 遇到危險時，田鼠不知道該用哪種本領。

5) 想一想，為甚麼說我們學習可千萬不能像田鼠那樣呢？下面這句話說得對嗎？如對請打「✓」，如錯請打「✘」。

在學習上不要貪心，學得好才是最重要的。　　　　　　　　（　　　）

○　我完成所有題目了嗎？

○　我有看清楚題目中的關鍵詞嗎？

○　我有哪一題不肯定？仔細看看上下文，再想一想！

○　所有的選擇都是我想選的嗎？

我做對了

＿＿＿＿＿題！

時間：

＿＿＿＿＿分鐘

### 溫帶的氣候

各地氣候不相同，
熱帶一年都似夏，
烈日當空熱烘烘；
北極地方很寒冷，
天天都在冰雪中。
最好是溫帶，
一年分四季，
有春，有夏，
有秋，又有冬。

1）這首歌謠描述的是各地 _____。

2）請你把不同地方的氣候特點連起來吧！

北極　　　　全年似夏熱烘烘

熱帶　　　　一年分四季

溫帶　　　　天天都在冰雪中

★ 3）熱帶似夏，有甚麼表現呢？　　　　　　　　　　　（　　）

A. 一年有四季

B. 全年都有冰雪

C. 經常烈日當空

4）按照詩歌的描述，北極的氣候是怎樣的呢？　　　（　　）

A. 一年有四季

B. 全年都有冰雪

C. 經常烈日當空

★ 5）根據歌謠的內容，你認為為甚麼說「最好是溫帶」？　（　　）

A. 因為溫帶有四季。

B. 因為溫帶沒有四季。

C. 因為溫帶全年沒有夏天，十分舒服。

## 農曆和新曆的區別

晚飯後，爸爸突然對媽媽説：「下星期六就是六月十八了，有沒有好提議？」

坐在一旁的偉明奇怪地問：「爸，下星期六不是七月二十八日嗎？」

媽媽笑着説：「爸爸説的是農曆，那天是外婆的生日。」

偉明一直不明白農曆和新曆的區別，便請教爸爸。爸爸解釋説：「新曆是世界通用的曆法，以地球環繞太陽的運動作依據，地球環繞太陽一次就是一年。農曆是中國人一直使用的曆法，以月亮的圓缺變化作依據。外婆在鄉下長大，生日都是以農曆計算的，明白嗎？」

偉明聽後，興奮地説：「這樣一來，我每年不就可以收兩次生日禮物嗎？！」

爸爸和媽媽哈哈地大笑起來：「是呀！」

★ 1）爸爸突然問媽媽六月十八有甚麼好提議，其實是想問甚麼？ 　（　　）

　　A. 六月十八日那天去哪裏遊玩好？

　　B. 外婆的農曆生日有甚麼慶祝活動？

　　C. 六月十八日是特殊日子，該怎樣與偉明一起慶祝？

2）故事中的「六月十八日」，其實是甚麼日子？ 　（　　）

　　A. 外婆的農曆生日　　B. 媽媽的生日　　C. 偉明的農曆生日

3）你能把農曆和新曆的區別都寫下來嗎？

| | 農曆 | 新曆 |
|---|---|---|
| 以甚麼為依據？ | | |
| 誰在用？ | | |

★ 4）故事中的哪一段，講述了農曆和新曆的區別？ 　（　　）

　　A. 第二段　　　B. 第三段　　　C. 第四段

★ 5）偉明說「我每年不就可以收兩次生日禮物嗎？！」這是甚麼意思？
　　　　　　　　　　　　　　　　　　　　　　　　　　　　（　　）

　　A. 指偉明很希望可以過兩次生日。

　　B. 指偉明已經在新曆和農曆分別過完生日了。

　　C. 指偉明希望每年都能收生日禮物。

○ 我完成所有題目了嗎？

○ 我有看清楚題目中的關鍵詞嗎？

○ 我有哪一題不肯定？仔細看看上下文，再想一想！

○ 所有的選擇都是我想選的嗎？

我做對了

_____題！

時間：

_____分鐘

### 耐渴的駱駝

　　駱駝被稱為「沙漠之舟」，因為牠非常耐渴。駱駝背上的駝峰有很多脂肪，可以轉化成水；長年在乾旱高温的沙漠中生活，還使駱駝養成了「節約用水」的好習慣：牠很少出汗，很少撒尿，連糞便也非常乾燥。駱駝在炎熱缺水的情況下，呼吸次數會大大減少。

　　駱駝長着一個特別的「冷鼻子」，吸入乾燥的沙漠空氣時，鼻黏膜能吸收其中的少量水汽，這樣就能保護肺了；而當肺部呼出氣體時，「冷鼻子」又能令氣體變冷，「回收」其中百分之六十八的水分。這樣一來，就大大減少了呼吸時水分的損失。有了這麼多奇特的存水、保水辦法，駱駝的耐渴本領當然很高強嘍！

★ 1) 駱駝被稱為「沙漠之舟」，因為牠非常 _____。

2) 下列哪幾項，說明駱駝在沙漠裏能「節約用水」？

① 少出汗　②少撒尿　③糞便乾燥　④呼吸次數減少　⑤呼吸難度減低

_____

★ 3）關於駱駝的「冷鼻子」，下列哪一項是正確的？　　　　　　（　　）

　　A. 吸入沙漠空氣時，鼻黏膜能吸收其中的大量水氣。

　　B. 呼吸時，「冷鼻子」又能令肺裏的氣體變冷。

　　C.「冷鼻子」能吸收空氣中的水分。

4）駱駝的存水方法有哪些？試一試寫下來吧！

　　駝峰：_____

　　鼻子：_____

○　我完成所有題目了嗎？

○　我有看清楚題目中的關鍵詞嗎？

○　我有哪一題不肯定？仔細看看上下文，再想一想！

○　所有的選擇都是我想選的嗎？

我做對了

_____ 題！

時間：

_____ 分鐘

## 你知道嗎？

科學是推動人類社會不斷進步的重要動力。大到宇宙星辰，小到路邊的一顆沙粒、一隻螞蟻，都是人類進行科學研究的對象。對大自然的探索，對各種事物的探究，就是人類不斷認識世界的階梯。

為了向人們介紹科學，讓人人都學會一定的科學知識，科學家們寫出一本本精彩的科普著作。比如：法國昆蟲學家法布爾寫成了《昆蟲記》，英國物理學家霍金寫成了《時間簡史》，俄國著名化學家費爾斯曼寫成了《趣味地球化學》，俄國科普作家別萊利曼《趣味物理學》等等。

在中國，有一位著名的科普作家叫葉永烈。他作為主要作者，參與了中國內地第一套科普叢書《十萬個為甚麼》的編寫工作。這套叢書在接近六十年間，不斷修訂再版，累計發行了超過一億冊，是中國好幾代年輕人的科學啟蒙讀物，影響力非常大。

葉永烈還創作了科幻小說《小靈通漫遊未來》，於1978年出版。當中提及的汽車自動避撞和自動緊急剎車裝置、人造肉、裝在耳朵裏的助聽器、夜光塗料、香煙盒大小的電視電話、人工降雨、植物生長刺激劑等等技術和科技產品，到今天都已經一一成為了現實。

## 打破砂鍋問到底

「打破砂鍋問到底」，是人們常掛在嘴邊的一句口頭禪，意思是形容一定要把事情弄清楚。

沙鍋是用泥土和沙燒製成的鍋，一般用來熬製中藥。這種鍋很容易破碎，一旦破碎就會從頂部一直裂到底部。從前，人們用一個筆畫很多的字來指物件破裂時的裂紋。這個筆畫很多的字很難懂，人們看到了也未必會讀，但它的讀音和「問」相同。於是，人們就把「問」借用過來，變成「打破砂鍋問到底」了。

這句俗語比喻對問題追根究底，要弄個明白。

★ 1) 根據上下文猜一猜，第一段中的「口頭禪」是指甚麼？下面哪一項最接近？ （　　）

　　A. 常掛在嘴邊的話。

　　B. 寺廟裏和尚說的話。

　　C. 一個人口頭上答應了另一個人。

★ 2) 請你在第二段中找到恰當的內容，把下面這段話補充完整。

　　砂鍋是用 _____ 和 _____ 燒製成的鍋，一般用來熬製中藥。這種鍋是很容易 _____ 的。

3) 實際上，「打破砂鍋問到底」中的「問」，代表的是甚麼？ （　　）

　　A. 因為好奇而引出的提問。

　　B. 一種複雜的花紋。

C. 一個筆畫複雜的字。

★ 4)「打破砂鍋問到底」，這句話是甚麼意思呢？　　　　　　　　（　　）

A. 比喻對問題追根究底，一定要把事情弄個水落石出。

B. 砂鍋被打爛了就得給賠償。

C. 我們要打破砂鍋看看裏面到底是甚麼人。

---

○　我完成所有題目了嗎？

○　我有看清楚題目中的關鍵詞嗎？

○　我有哪一題不肯定？仔細看看上下文，再想一想！

○　所有的選擇都是我想選的嗎？

我做對了

＿＿＿＿＿題！

時間：

＿＿＿＿＿分鐘

---

## 臉皮真的會「厚」嗎？

中文裏的「厚臉皮」，是指某人不知羞、膽大。不過，人的臉皮真的很「厚」嗎？

人的皮膚共分三層：包括表皮、真皮、皮下。在身體的不同地方，皮膚的厚度都是不同的，最厚處大概有 4 毫米。

科學家說，人腳底的皮膚最厚，而眼皮的皮膚最薄。人臉皮膚的真正厚度，大概就是 1—2 毫米。所以，人的臉皮實際上並不「厚」。

說某人的臉皮「有幾尺厚」，是一種誇張的說法，說明了說話人認為別人的行為非常不好，而他本人一點都不在意。人們用這句話來表達對某人的不滿。

★ 1）文章告訴我們，人的皮膚共分 _____ 、 _____ 、 _____ 三層。

★ 2）通過第一段，我們可以知道中文裏的「厚臉皮」，是指：　　　　（　　）

  A. 人不知羞、膽大。

  B. 人的皮膚不好。

  C. 人覺得不好意思。

★ 3）根據文章內容，你能知道下面這幾句話是對還是錯嗎？對的請打「✔」，錯的請打「✘」。

  在人身體的不同地方，皮膚的厚度都是不同的。　　　　　　（　　）

  人的皮膚最厚處大概有 1—2 毫米。　　　　　　　　　　　（　　）

  人腳底的皮膚最厚，而嘴唇的皮膚最薄。　　　　　　　　（　　）

  人臉皮膚的真正厚度，大概就是 1—2 毫米。　　　　　　　（　　）

★ 4）當說某人的臉皮「有幾尺厚」，就說明了那個人 _____ 。　（　　）

  A. 膽子非常大，是一種稱讚別人的表達方式。

  B. 行為非常不好，而他自己卻一點都不在意。這通常表達了說話人的不滿。

---

○ 我完成所有題目了嗎？

○ 我有看清楚題目中的關鍵詞嗎？

○ 我有哪一題不肯定？仔細看看上下文，再想一想！

○ 所有的選擇都是我想選的嗎？

我做對了

_____ 題！

時間：

_____ 分鐘

## 你知道嗎？

　　在生活中，我們常常聽到大人講「俗語說（粵語說成『俗話講』）」，那到底甚麼是「俗語」呢？

　　你一定聽媽媽說過「世上無難事，只怕有心人」，這就是一句俗語。在中文裏，這種在生活中常用到的，被用來表示人們生活經驗和願望的句子，叫做俗語。在說話和寫作時用上俗語，就會令語言變得生動有趣，也更容易把道理講清楚。

　　我們常見的俗語有很多，比如：兵來將擋、水來土掩；比上不足，比下有餘；不當家不知柴米貴；不費吹灰之力；不見棺材不流淚；不聽老人言，吃虧在眼前等等。

　　你還知道哪些人們常用的俗語呢？平日多留心生活中大人們說的話，你一定會有大大的收穫！

# 第三課：找對關鍵詞

難在哪裏？

找對、看清問題的關鍵字

考考你：
要分清問題裏的「是」與「不是」

不論在日常生活中回答別人的提問時，還是在做閱讀練習時，我們都應該聽清、看清問題是甚麼。而只有抓住問題中最重要、最關鍵的字眼或詞語，我們才能作出正確的回答。

那麼，到底哪些才是重要、關鍵的字眼或詞語呢？我們可以看看以下的例子：

| 問題 | 關鍵字／詞 |
| --- | --- |
| 今晚的聚餐你來不來？ | 來不來 |
| 下面哪一項是不正確的？ | 不正確 |
| 那一句話是錯的？ | 錯 |
| 不可以選哪一項？ | 不可以 |
| 下面哪一項最恰當？ | 最恰當 |
| 這些回答中，哪些是正確的？ | 哪些、正確 |

如果沒有抓住這些關鍵的字詞，那麼回答問題時當然很容易出錯了！人家問「哪些是錯誤的」，你回答了「正確的」；問題問

「哪一項可以」，你選擇了「不可以」……答錯問題，不但在生活中會製造笑話，還會在考試中造成不必要的失分，那就太可惜啦！

抓住、記住關鍵字詞，聽懂、看明白別人提出的問題：

- 找準關鍵字語：是 / 不是、可以 / 不可以、正確（對）/ 不正確（錯）、恰當 / 不恰當、與「對不對」結構一樣的短語等等。
- 明白別人問甚麼：是需要選出一個選擇，還是需要讓別人知道你的想法？
- 明白需要回答甚麼：是給出選項的代號或內容，還是告訴別人你是怎麼想的……不同的提問需要不同的回答。
- 真正讀懂文章、故事的內容，保證你的回答是正確的。這一點十分重要呢！

**閱讀策略怎麼用？**

當你要明白別人問的是甚麼，而又需要自己知道要回答甚麼內容的時候，你的大腦實際上要經過幾個步驟才能處理：

聽到問題 → 理解問題 → 思考問題 → 回答問題

這件事情聽上去真難！但我們的大腦是很聰明的。只要你用對方法，一步一步慢慢地做好訓練，其實一點兒也不難。歡迎你來試試看！

| 你的閱讀能力 | 你的策略 | 你需要做怎樣的訓練？ |
|---|---|---|
| 複述 —— 用自己的話解釋詞語意思，表面句意 | 1）找出關鍵字<br><br>2）按目的判斷重要內容 | 1）找到關鍵字詞，知道它們的含義。<br><br>2）利用字詞，解釋語句的表層意義。 |
| 重整 —— 分析（理清）篇章內容關係 | 1）根據已有知識理解內容<br><br>2）根據作品的線索作出推論 | 1）找出關鍵字／關鍵句。<br><br>2）邊讀邊思考。<br><br>3）概括段意或層意。<br><br>4）概括全篇內容。<br><br>5）找到中心句子，嘗試總結出篇章隱含的心態、中心、主題等。<br><br>6）推斷作者、文內人物某言行隱含的情緒、觀點和態度。 |

常犯哪種錯？

### 海底有多深？

太平洋比其他的海更深一些，平均的深度，據說有二千五百噚 [1]。一噚等於六呎，所以可以很容易地計算出它的深淺。

但是近年來，且不說那些已經探測到很深還不到底的海，即便是已經知道的，比上述深度還深得多的海都有記載了 [2]。現在人們探測到海最深的地方，和探測到的山的最高高度相符。可以推斷，海的最深的地方至少達到五六英哩。

有一個有趣問題，海這樣的深度，究竟到達地殼的甚麼地方？答案是—深淵。不過那地方的地殼，大約會比別的地方的地殼薄八分之一。

**典型錯題：「階梯閱讀空間」出錯率 69%**

下列哪一項說法不符合文章內容？

A. 太平洋不是最深的海。

B. 人們無法知道海的最深處有多深。

C. 地殼各處的厚度並不一樣。

正確答案: B

---

1 「噚」是英美所用的一種長度單位，1 噚為 6 英呎。

2 此文出自民國時期的中國小學課本，當時的科技力量遠不如今天先進。目前人類探測到的海底最深處是菲律賓東北部馬里亞納海溝的斐查茲海淵，最深處為 11,034 米。

錯在哪裏？

本題最多小朋友選的是 A。他們受到了文章第一句話 ——「太平洋比其他的海更深一些」的影響。而實際上，文章的第二段提到「比上述深度還深得多的海都有記載了」。這裏「上述深度的海」，指的正是太平洋。故此，選項 A 是符合文章內容意思的。

也有小朋友選擇了選項 C。文章的最後一句話，提到「那地方的地殼會比別的地方的地殼薄」，由此可知地殼各處的厚度並不一樣。所以，選項 C 的內容也是符合文章內容的。

可是，此問題其實需要大家找出一項「不符合」文章內容的選項！選項 A 和 C 均符合文章內容，所以不應選它們呀！根據文章第二段內容，人們是能知道海的最深處有多深的。故此正確答案應選 B。只有選項 B 才與文章內容不相符呢！

### 植物界之最

世界上長得最高的樹，是澳洲的杏仁桉樹。它是樹中的巨人，通常能長到 100 米高，最高的可以達到 156 米，相當於五十二層樓那麼高。

在孟加拉的森林裏，長着一種榕樹，它可以說是世界上長得最大的一種樹。它的樹冠可以覆蓋大約十五畝地，相當於一個半足球場那麼大。為了吸取空氣中的養分，它的樹根會

向地面生長，看上去就像一根根樹幹，從遠處看，就像是一片樹林。當地的人們把它叫做「獨木林」。

世界上最大的花，就是以臭味聞名的大王花。它用臭味來吸引小昆蟲，讓牠們幫助自己把花粉傳開。

卷柏是世界上生命力最強的草。它能生活在非常乾燥的環境中。當這個地方乾燥到一點水分都沒有了，它就會自動把根從土地中抽出來，整株草捲起來，讓風把它吹得遠遠的，以便尋找下一個有水源的地方。有時即便是一株曬乾了的卷柏，只要重新放入水中，它還是會重新生長。所以中國古人曾叫它「九轉還魂草」。

看，這些植物真厲害！

**典型錯題：「階梯閱讀空間」出錯率 65%**

對孟加拉大榕樹的描述，以下哪項不對？

A. 它的樹根向地面生長，可吸取空氣中的水分和養分。

B. 它的樹冠可以覆蓋大約十五畝地。

C. 它是世界上長得最大的一種樹。

D. 它的樹幹很多，被稱為「獨木林」。

正確答案: D

錯在哪裏？

　　本題最多小朋友選的是 A。回答此題，我們要明白：1) 要辨認每一選項是否符合文章內容；2) 要找出不符合文章內容的選項。

　　我們可以從文章中直接找到選項 A、B、C 的內容，那就不是我們所需要找的答案了。選 A 的小朋友，可能是看到「樹根向地面生長」這句話，覺得不合情理。可仔細閱讀文章後，我們就能發現這恰恰是榕樹的特點呢！

　　再看選項 D 提到「它的樹幹很多」。然而文章中說的是「它的樹根會向地面生長，像一根根樹幹」，所以長得多的不是樹幹而是樹根。況且，如果樹幹長得多，又怎麼會被稱為「獨木林」呢？顯然，文章內容與選項不符。這才是我們要找的這道題的正確答案。小朋友們可千萬要小心這種陷阱，記得要保持自己清晰的頭腦呀！

### 我的爸爸、媽媽

　　我的爸爸是一個農夫，臉上永遠都是樂呵呵的。爸爸每天的工作就是在田地裏割雜草、下肥料、趕害蟲。每年到了收穫的季節，爸爸就忙着採摘蔬菜，然後送到市場去賣。

　　我的媽媽是一個舞台劇演員。她演出前要早早背好劇本，練習不同的表情和動作，和其他演員一次又一次排練，為觀眾帶來精彩的表演。

　　他們都熱愛自己的工作，我為爸爸媽媽感到驕傲。

**典型錯題：「階梯閱讀空間」出錯率 63.7%：**

爸爸每天的工作是甚麼？

1. 割雜草

2. 下肥料

3. 趕害蟲

4. 採摘蔬菜

5. 送蔬菜到市場去賣

A. 1、2

B. 1、2、3

C. 1、2、3、4、5

正確答案: B

錯在哪裏？

　　不少小朋友選擇了 C。因為他們看到第一段的最後一句 ──「爸爸就忙着採集蔬菜，然後送到市場去賣」，誤以為這也是爸爸每天要做的工作。實際上，這句話的前半句，是「每年到了收穫的季節」，這就表示只有收穫的季節爸爸才會採摘蔬菜送去賣。

　　在解答這道題目時，我們應該留意到問題在問爸爸「每天的工作是甚麼」。帶着這個問題，我們再回到文章，找找提到爸爸每天工作的這句話在哪裏。

　　在第一段中，我們可以看到，回答這個問題的原話是「爸爸每天的工作就是在田地裏割雜草、下肥料、趕害蟲」。恰巧，這就是選項中的 1、2、3

點。那第 4、5 點對不對呢？我們再往下看，就會發現第 4、5 點對應的是爸爸每年收穫季節要做的事情，自然就不應選擇了。

　　現在你明白了嗎？只要看清問題在問甚麼，找到文章中對應問題的句子，我們就能選對答案了！

## 太陽光的顏色

　　太陽光是甚麼顏色的？

　　蝴蝶説：「太陽光是紅色的。你看，陽光照在花朵上，紅通通的。」

　　燕子説：「太陽光是綠色的。你看，陽光照在葉上，綠油油的。」

　　彩虹姐姐説：「你們看，我身上的色彩，都是太陽公公給我的。」

　　蝴蝶和燕子看着彩虹姐姐，一起説：「啊，原來太陽光有七種顏色呢！」

★ 1）文章裏有好幾個角色都描述了陽光的顏色。它們都是誰呢？

＿＿＿＿＿＿＿＿＿＿＿＿＿＿＿＿＿＿＿＿＿＿＿＿＿＿

★ 2）關於太陽光的顏色，下面哪一項符合文章的意思呢？　　　（　　）

A. 蝴蝶說太陽光有七種顏色。

B. 燕子說太陽光是綠色的。

C. 彩虹姐姐說她把七種顏色送給了太陽公公。

★ 3) 這篇文章說了一件甚麼事情？下面哪一項說得最清楚？ （　　）

A. 蝴蝶、燕子和彩虹姐姐討論太陽光的顏色。

B. 蝴蝶和燕子，不知道太陽公公給了彩虹姐姐七種顏色。

C. 蝴蝶和燕子都知道太陽光是甚麼顏色的。

★ 4) 按照文章的內容，請想想，下面這句話對不對呢？如對請打「✔」，如錯請打「✘」。

最後，蝴蝶和燕子在彩虹姐姐身上找到了太陽光的所有顏色。（　　）

○　我完成所有題目了嗎？

○　我有看清楚題目中的關鍵詞嗎？

○　我有哪一題不肯定？仔細看看上下文，再想一想！

○　所有的選擇都是我想選的嗎？

我做對了

＿＿＿＿＿題！

時間：

＿＿＿＿＿分鐘

### 田家四季歌

春天裏，春風吹，
花開草長蝴蝶飛；
麥苗綠了，
桑葉正肥。

夏季裏，農事忙，
採了蠶桑，又插秧。
早起勤耕作，
歸來帶月光。

秋季裏，稻上場，
穀像黃金黃；
身上雖辛苦，
心裏卻安康。

冬季裏，雪初晴，
新做棉衣軟又輕；
一年農事了，
飽暖笑盈盈。

1) 下面這個表，把不同季節和不同的景物和活動對應起來，請你把它補充完整吧！

| 季節 | 風景、事物、活動 |
|---|---|
| 春季 | 春風、花、（　　　　　　　　）、（　　　　　　　　　　）、<br>（　　　　　　　　　）、（　　　　　　　　　　　　） |
| 夏季 | 採（　　　　　　　　　）、（　　　　　　　　　　　）、<br>勤耕作、（　　　　　　　　　） |
| 秋季 | 稻穀上場 |
| 冬季 | （　　　　　　　　　　　　）、做（　　　　　　　　　）、<br>得飽暖 |

★ 2) 文章裏沒有提到以下哪種植物？　　　　　　　　　　　　（　　）

　　A. 麥苗　　　B. 桑葉　　　C. 稻穀　　　D. 蔬菜

3) 第二節主要寫了甚麼內容呢？下面哪一項是對的呢？　　　（　　）

　　A. 夏季，農夫忙於耕種的情景。

　　B. 秋季，農夫忙於收割農作物的情景。

　　C. 春季，大自然中萬物生長的情景。

4) 仔細看看文章內容，請你找出一個正確的選項吧！　　　　（　　）

　　A. 花開草長蝴蝶飛，是形容夏季的景色。

　　B. 農民伯伯一年四季都在辛勤耕作。

　　C. 秋天農作物豐收了，農民伯伯雖然辛苦但也覺得十分安樂。

○ 我完成所有題目了嗎？

○ 我有看清楚題目中的關鍵詞嗎？

○ 我有哪一題不肯定？仔細看看上下文，再想一想！

○ 所有的選擇都是我想選的嗎？

我做對了

_____題！

時間：

_____分鐘

## 乘車安全我知道

小朋友怎樣坐車才安全？

坐小汽車時要坐在哪裏？小朋友應該坐在安全座椅上，或者坐在後排，扣上安全帶。千萬不能坐在司機的旁邊，對小朋友來說，那是最危險的地方。

坐公共巴士時要坐在哪裏？小朋友應該坐在整部車的中間位置。如果是雙層巴士，儘量不要坐在第二層，更加不要坐在第二層的第一排。

知道如何保護自己的安全，大家生活一定更開心。

1) 文章提到了小朋友搭乘甚麼車的情況？請你寫下來吧！

_____、_____

★ 2) 在小汽車上，小朋友不應該坐在哪裏？　　　　（　　）

A. 安全座椅上　　B. 後排　　C. 司機旁邊　　D. 後排中間位置

3) 第二段主要說了甚麼內容？ （ ）

　　A. 小朋友坐公共巴士時坐在哪裏才最安全。

　　B. 小朋友坐小汽車時坐在哪裏才最安全。

★ 4) 下面哪一句話不符合文章說的意思呢？ （ ）

　　A. 當坐在小汽車的後排上時，小朋友必須扣上安全帶。

　　B. 小汽車司機旁邊的座位，對小朋友來說是最危險的位置。

　　C. 雙層巴士第二層的第一排風景很好，小朋友坐在那裏非常好。

## 認識身邊的垃圾

垃圾分為兩種。

第一種垃圾是活的，從大自然中來，變成垃圾後，又能回到大自然中去。比如吃剩的菜和肉，用過的紙，雞蛋殼、果皮和花草。

第二種垃圾是人造的，它變成垃圾後，並不會回到大自然中。比如電池、塑膠袋和鐵皮。

第一種垃圾對大自然是有好處的，第二種卻有壞處。你家的垃圾中，哪一種更多？

★ 1) 文章介紹了兩種垃圾，它們各有甚麼特點？

　　活的垃圾：＿＿＿＿＿＿＿＿＿＿＿＿＿＿＿＿＿＿＿＿＿

　　人造的垃圾：＿＿＿＿＿＿＿＿＿＿＿＿＿＿＿＿＿＿＿

★ 2）下面這句話，你認為對嗎？如對請打「✓」，如錯請打「✘」。

在家中，活的垃圾比人造的垃圾更多才比較好。 （　　）

3）第三段主要講述了甚麼內容？下面哪一項是錯誤的？ （　　）

A. 介紹了哪些是活的垃圾，它們有甚麼特點。

B. 介紹了哪些是人造垃圾，它們有甚麼特點。

★ 4）下面哪一種東西不屬於活的垃圾？ （　　）

A. 菜和肉　　B. 雞蛋殼　　C. 用過的紙　　D. 薯片的包裝袋

○ 我完成所有題目了嗎？

○ 我有看清楚題目中的關鍵詞嗎？

○ 我有哪一題不肯定？仔細看看上下文，再想一想！

○ 所有的選擇都是我想選的嗎？

我做對了

＿＿＿＿＿題！

時間：

＿＿＿＿＿分鐘

## 引路的北極星

從前，航海者只以天上星星的方向為指導。星星出現的時候，航海者就可以知道方向。在北半球（就是我們所住的這個半球），天空澄清時，我們常常看見北極星，足以指明這方向是北。認準了北方，再根據我們看地圖時學到的「上北下南左西右東」的規律，別的方向也就可以知道了。

但是北極星的位置，在數世紀內也會變更。所以雖然它現

在朝着北方，但也只是在一段時間內可以相信。現在航海者都是用更準確的指南針、以及全球衛星定位系統來指引方向了。

1) 文章說從前，當航海者要在航海時辨認方向，可以怎樣做？

找到 ＿＿＿＿＿＿＿ → 認準 ＿＿＿＿＿＿＿（方向）→ 根據
＿＿＿＿＿＿＿ 的規律找到其他方向

★ 2) 下列哪一項對北極星的描述是最恰當的？ （　　）

A. 在地球上任何一個地方，我們都能在澄清的夜空中看到北極星。

B. 北極星的位置是固定不變的，它一直是人們辨認方向的最好的指引。

C. 不論是從前還是現在，人們都可以通過找到北極星的位置來辨認哪裏是北方。

★ 3) 下面哪一項，不是人們用以指引方向的工具？ （　　）

A. 指南針　　　B. 全球衛星定位系統　　　C. 北極星　　　D. 月亮

○ 我完成所有題目了嗎？

○ 我有看清楚題目中的關鍵詞嗎？

○ 我有哪一題不肯定？仔細看看上下文，再想一想！

○ 所有的選擇都是我想選的嗎？

我做對了
＿＿＿＿題！

時間：
＿＿＿＿分鐘

# 你知道嗎？

在中國古代的科技發展中，誕生了許許多多對人類社會有巨大影響的技術和工具，而創造它們的科學家卻未必為人所熟知。

2016 年中國發射了全球首顆量子科學實驗衛星——墨子號。為甚麼以「墨子」來命名呢？原來，墨子是中國古代一位非常有名的哲學家、軍事家，生活在 2000 多年前的春秋戰國時期。我們常常聽說墨子主張不要戰爭，要愛好和平，也知道他其實善於打仗，但人們往往忘記了他的另一個身份——科學家！

在記述墨子思想的《墨經》裏，我們可以找到他對槓桿原理、物體與力的關係、小孔成像等物理現象和原理的描述。我們都知道古希臘阿基米德的名言「給我一個支點，我就能撬起整個地球」。而墨子描述槓桿原理的現象，比阿基米德早了 200 年。在這部書中，墨子還總結了十進位演算法，提出了倍、正方形、圓形、平行線等數學概念的定義，比歐洲的數學家早了 100 多年。

在機械製造方面，墨子也有很大貢獻。例如，他告訴人們如何製造強大的兵器連弩車，還製造出農業生產上非常有用的轆轤等工具。

可惜，到秦朝時，墨家逐漸沒落，許多技術和典籍都失傳了。如果他們的學術研究能流傳下來，中國古代的科技力量一定會更強。

連發弩機

## 獅子找朋友

獅子想找朋友一起玩。牠遇到一隻身上長着硬刺的箭豬，便想跟箭豬交朋友。於是，牠把自己的頭髮全都豎了起來，學箭豬的樣子。但是，箭豬看見了獅子的怪模樣，嚇得急忙逃跑了。

獅子又遇到了一隻長着角，身上滿佈斑點的梅花鹿，牠想跟梅花鹿交朋友。牠插了兩根樹枝在頭上，又在身上畫了花點。梅花鹿也被獅子的怪模樣嚇跑了。

獅子以為大家都不願意跟牠交朋友，很生氣。

這時，「嘩啦，嘩啦」下起大雨來，獅子拼命地跑啊，跑啊⋯⋯

雨停了，獅子頭上的樹枝丟了，頭髮直了，身上的花點也不見了，牠恢復原來的模樣。

箭豬和梅花鹿走過來，看見原來是獅子，不再害怕了，牠們都願意跟牠做朋友。

1) 獅子為了跟朋友一起玩而學「變身」。牠每次都變成甚麼樣子呢？請你幫牠記錄下來吧！

與 ＿＿＿＿＿＿ 交朋友 — 變身術：＿＿＿＿＿＿＿＿

與 ＿＿＿＿＿＿ 交朋友 — 變身術：＿＿＿＿＿＿＿＿

★ 2) 為甚麼小動物不想跟獅子一起玩？下面哪一項說得對？ （　　）

A. 因為牠們被獅子的怪模樣嚇到了。

B. 因為獅子非常沒禮貌。

C. 因為牠的脾氣太壞了，經常發怒。

3）這個故事主要講了甚麼內容？下面哪一項說得最好？　　　（　）

A. 小獅子為了交朋友而改變自己的模樣，但朋友們都怕牠；當牠保持自己的樣子，反而成功地交到了朋友。

B. 小獅子不知怎樣才能交到朋友，後來在媽媽的幫助下終於成功了。

★ 4）根據故事內容，你能找出下列哪一項是錯誤的嗎？　　　（　）

A. 獅子把自己的頭髮全都豎起來，學箭豬的樣子。

B. 獅子把樹枝插在頭上，想把自己裝扮成梅花鹿的樣子。

C. 在大雨中奔跑之後，獅子恢復自己原來的樣子，把小動物都嚇壞了。

○　我完成所有題目了嗎？

○　我有看清楚題目中的關鍵詞嗎？

○　我有哪一題不肯定？仔細看看上下文，再想一想！

○　所有的選擇都是我想選的嗎？

我做對了

＿＿＿＿＿題！

時間：

＿＿＿＿＿分鐘

## 我是甚麼？

我最頑皮，也最會變把戲。

我給太陽一曬，變成水汽，飛上天空，人家就叫我雲。我在空中隨風飄盪，有時穿白色的衣裳，有時穿灰色的衣裳，早晨和傍晚，常把紅袍披在身上。

我在空中碰到冷氣，就結成雨點，一滴一滴地落下來；有時在空中變成雪花，一朵一朵地飄下來；有時在空中變成冰雹，大塊小塊地打下來。

我常在池裏睡覺，在溪裏散步，在河裏奔跑，在海裏開大會，盡興地唱歌和跳舞。我有時也要闖禍，把船隻打翻，把堤岸沖破，淹沒許多人畜和莊稼。但是我的用處很大，能做許多工作。如果沒有我，人和動物、植物，都不能生活。

小朋友！你知道我是甚麼？

1) 在文章裏，「我」有幾種樣子？請你都寫下來吧！

被太陽曬後，變成 ＿＿＿＿＿＿，被稱作 ＿＿＿＿＿ → 在空中碰到冷氣，結成 ＿＿＿＿＿＿＿，有時變成 ＿＿＿＿＿＿＿＿，有時變成 ＿＿＿＿＿＿＿＿＿ → 常常在池塘小溪河海中生活。

2) 根據文章內容，請你想想，下面這句話對不對呢？對的請打「✔」，錯的請打「✘」。

文中說「我」最會變把戲，其實是指「我」的形態有很多變化。（　　　）

3) 第四自然段寫了關於「我」的甚麼內容？下面哪一項正確？　（　　　）

A.「我」平時經常去的地方。

B.「我」最愛自由自在地行動。

C.「我」出現的地方，「我」的優點和缺點。

★ 4) 對「我」的描述，下列哪一項是錯的？　　　　　　　（　　）

　　A. 文中的「我」，其實是指「水」。

　　B.「在海裏開大會，盡興地唱歌跳舞」，實際上在描述海水的樣子。

　　C.「我在空中隨風飄盪……常把紅袍披在身上」，這句話描述的是彩色的雲。

　　D.「我」調皮的時候會結成雨點一滴滴落下來。

○　我完成所有題目了嗎？

○　我有看清楚題目中的關鍵詞嗎？

○　我有哪一題不肯定？仔細看看上下文，再想一想！

○　所有的選擇都是我想選的嗎？

我做對了

＿＿＿＿＿題！

時間：

＿＿＿＿＿分鐘

## 走失的羊

　　楊朱的鄰居，走失了一隻羊。鄰居便帶領着自己的族人去追羊，同時又請楊朱家的僕人幫助他去追羊。

　　追了好長時間，追羊的人都空手回來。

　　楊朱問：「羊呢？追到了嗎？」

　　「沒有追到。」

　　楊朱又問：「這麼多人去追一隻羊，為甚麼追不到？」

「先生！分岔的路太多了。岔路之中，又有岔路，都不知道那隻羊去了哪一條路呢！」

楊朱聽了，對他的學生說：「分岔路多了，會走失羊；不專一學習，也不會有成就。這是一樣的道理。」

★ 1）楊朱遇到了一件甚麼事情？ （　　）

　　A. 鄰居的羊走失了，鄰居請他派僕人一同去尋找，但是並沒有找到。

　　B. 鄰居的羊走失了，鄰居和他一起去尋找，最後找到了羊。

★ 2）根據故事內容，下面哪一項的描述是錯誤的？ （　　）

　　A. 楊朱的鄰居走失了一隻羊。

　　B. 楊朱家的僕人也去幫忙找羊了，可是最後並沒有找到。

　　C. 雖然有不少人幫忙找羊，但因為羊跑得太快了，所以人們最後沒能把牠找回來。

　3）用一句話來概括說明故事中的道理，你認為這句話說得對不對？如對請打「✓」，如錯請打「✗」。

　　學習與找羊一樣，都要專心，才能成功。如果像找羊的時候去看風景一樣分心，學習上不會有成就。 （　　）

## 大自然的語言

別以為人才會說話，
大自然也有語言。
這語言到處都有，
細心觀察就能發現。
白雲飄得高高，
明天準是晴天。
這就是大自然的語言。
螞蟻往高處搬家，
出門要帶雨傘。
這就是大自然的語言。
樹樁上有一道道圈圈，
一圈就是一年。
這也是大自然的語言。
大自然的語言啊，
真是妙不可言。
不愛學習的人看不懂，
粗心大意的人看不見。

★ 1) 詩歌中，提到了哪些現象屬於大自然的語言？

| 事物 | 現象告訴我們甚麼？ | |
|---|---|---|
| 白雲 | （　　　　　）表示（　　　　　） | |
| 螞蟻 | （　　　　　）表示（　　　　　） | |
| （樹樁） | 年輪一圈圈，表示（　　　　　　　　） | |

2) 讀了這首詩，想想在我們的生活中，下列哪一項不屬於大自然的語言呢？　　　　　　　　　　　　　　　　　　　（　　）

A. 樹木的年輪　B. 天空中的雲　C. 螞蟻、蜻蜓的活動　D. 路燈被點亮

3) 對於詩歌的最後兩句，下面哪一項理解得最好？　　　（　　）

A. 不愛學習的人不喜歡學大自然的語言。

B. 只要我們細心觀察，主動學習，我們就能了解大自然的各種語言。

C. 粗心大意的人都沒法學會大自然的語言。

○ 我完成所有題目了嗎？

○ 我有看清楚題目中的關鍵詞嗎？

○ 我有哪一題不肯定？仔細看看上下文，再想一想！

○ 所有的選擇都是我想選的嗎？

我做對了

_____ 題！

時間：

_____ 分鐘

## 水媽媽的孩子

一天，風伯伯向孩子們說：「水媽媽有很多孩子，形狀各不相同，分散在天地之間。你們出去找找，每人帶一個水媽媽的孩子回來。」這真是一件有趣的工作，孩子們高興地出門了。

第二天，孩子們回來了。

老大抱着一朵烏雲，得意洋洋地說：「我找到了一個水媽媽的孩子，它是烏雲。」

老二握着一道彩虹，高興地說：「我找到的是彩虹。」

老三捧着一團薄霧，神祕地說：「我找到的是薄霧。」

老四採來一顆露珠，神氣地說：「我找到的是露水。」

老五摘來一片雪花，笑嘻嘻地說：「我找到的是雪花。」

1）風伯伯給孩子們交代了一件甚麼任務？

_____

★ 2）下面哪一句話最能體現出水媽媽孩子的特點？　　　　（　　）

A. 形狀各不相同，分散在天地之間。

B. 形狀非常相似，分散在江河湖海之間。

C. 形狀各不相同，但都生活在江河湖海之間。

★ 3) 這個故事告訴了我們甚麼？下面哪一項不對？　　　　（　　）

　　A. 烏雲和彩虹實際上是水的另外兩種形狀。

　　B. 雪花主要是由水組成的。

　　C. 水有很多不同的形狀，但是不包括薄霧。

　　○　我完成所有題目了嗎？

　　○　我有看清楚題目中的關鍵詞嗎？

　　○　我有哪一題不肯定？仔細看看上下文，再想一想！

　　○　所有的選擇都是我想選的嗎？

我做對了

＿＿＿＿＿題！

時間：

＿＿＿＿＿分鐘

# 你知道嗎？

水，是生命之源，人離開水就不能生存了。下面關於水的趣聞，你知道多少？

熱水和冷水比，哪個結冰更快？可能很多人都以為是冷水。但實際上，正確答案是「熱水結成冰更快」。

人的大腦中，水分占了 85%，如果飲水不足，可能會影響人的大腦認知能力呢！

地球上，有 97% 的水都是鹹的，有 2.1% 的水至今仍被凍在極地冰蓋之下，地球表面上只有不到 1% 的可用淡水。

生產一杯咖啡所需的咖啡豆，大約要用 200 公升的水。

你還知道更多關於水的有趣的知識嗎？快與家人一起去尋找吧！

# 第四課：理順事件經過

**難在哪裏？**

### 找出事情發生的先後次序

> **考考你：**
>
> **誰先，誰後？**

你試過用積木搭起一座高樓嗎？你需要從底部開始，把積木一塊一塊地按順序放上去，最後才能搭好一座高樓。

而一件完整的事情，也是由一件件前後相關的小事組成的。

現在，請你來當小偵探，來看看下面這件事情該如何判斷？

在大街上，你看到一位跌倒的老人旁邊有一個小男孩，小男孩和老人家的手正互相拉着。你能判斷發生了甚麼事嗎？你會怎麼想呢？

想法一：是小男孩不小心碰到老人，老人跌倒了。老人正拉住小男孩的手不讓他走。

想法二：小男孩看到老人跌倒了，他上前去要把老人扶起來。

在想法一的情況下，這件事情是小男孩做錯了；在想法二的情況下，這件事情小男孩做得對。這對小男孩來說，可是完全不一樣的呢！

而要清楚事情的經過是怎樣的，你認為一定要知道甚麼呢？

對，那就是：老人家與小男孩相遇是在跌倒前，還是跌倒後。只要知道「相遇」這件事是甚麼時候發生的，我們就能知道小男孩到底有沒有做錯了。

在文章和故事裏，作者一定會告訴你事情發生是哪個部分先、哪個部分後。只要你找到它們發生的先後順序，那麼你就能了解這件事情的大致經過。

能明白事情發生的先後，我們的閱讀能力便可提升一級：
複述（辨認）➜ 重整（理清篇章內容關係）

**試試看！**

找到文章或故事中表示順序的詞語，能幫助我們了解各項小事件哪個發生在前，哪個發生在後：

- 找詞語：首先、一開始、便、其次、然後、接着、又、於是、最後、終於、後來……
- 看看詞語後面記錄了甚麼？包括人物的動作、對話、所做的事情等等。
- 將表示次序的詞語以及詞語後的重點內容寫下來，按順序排好，就能明白事情的經過。

**閱讀策略怎麼用？**

你知道嗎？在梳理事情發生的先後順序時，大腦其實要邁上兩層樓呢！這說明我們看完文章和故事的描述，自己也要動腦筋想一想，才能明白事情的經過呀。請看這個表：

| 你的閱讀能力 | 你的策略 | 你需要做怎樣的訓練？ |
|---|---|---|
| 第一層：複述<br><br>認讀原文，抄錄詞句，指出顯而易見的事例、現象 | 1）借助上下文猜測詞義<br><br>2）邊讀邊聯想<br><br>3）找出關鍵字<br><br>4）找出關鍵句 | 1）抄錄詞句，辨認出文章中出現的明顯的事例、現象。<br><br>2）抄錄詞句，找出能總結一個結論的依據，包括了找時間順序詞語、找對應時間的內容。 |
| 第二層：重整<br><br>分析（理清）篇章內容關係 | 1）一邊讀一邊想象，一邊讀一邊感受<br><br>2）抽取重要資料作內容摘要 | 1）理清篇章內容關係。<br><br>2）從篇章某處擷取特定信息。 |

常犯哪種錯？

### 月亮和媽媽

　　有一次，月亮跟媽媽撒嬌，讓媽媽給她做一件新衣服。媽媽微笑着回答說：「我怎麼能給你做一件合身的衣服呢？你現在是月芽兒，然後是新月，然後又是滿月；再接着既不是

新月，又不是滿月了。你總是變來變去的，媽媽怎麼給你做呢？」

我們身邊的事物，也像月亮一樣，總是在不斷變化中的。

## 典型錯題：「階梯閱讀空間」出錯率 82%

故事中說，月亮共有多少種變化？

A. 3　　B. 4　　C. 5　　D. 6

正確答案：B

**錯在哪裏？**

很多小朋友選擇了答案 A—「3」種變化。在做這道題目時，我們要先找準表示先後次序的詞語，在文章中，它們分別是：「現在」→「然後」→「然後」→「再接着」。仔細讀文章，你能發現在它們後面都分別描述了一種月亮的狀態，那就是：現在（月牙兒）→ 然後（新月）→ 然後（滿月）→ 再接着（既不是新月，又不是滿月）。

所以，故事裏提到的月亮的變化，一共是四種狀態。因為月亮的身材總是在變，所以媽媽才說沒法給她做一件新衣服呢！

看，只要找準了關鍵的先後次序，我們就能清楚了解事物的發展和變化，也就容易準確地理解文章的內容了。

## 盤古開天地

傳說，當天地還沒有分開的時候，宇宙好像一個大雞蛋，裏面是一片黑暗模糊的景象。盤古誕生在這個大雞蛋中，生長了一萬八千年。

有一天，大雞蛋突然發出一聲巨響，混濁的物體往下降變成大地。盤古在天和地的中間，也跟着不斷變化：天每升高一丈，地每加厚一丈，盤古的身體也會隨着增長一丈。

這樣又過了一萬八千年，天升得極高，地變得極厚，盤古的身體也長得很長。這個巨人頭頂天，足踏地，站在天地的中央，身高九萬里，是人類的老祖宗。

他孤獨地站在那裏，不知道經過了多少年之後，終於倒下死去了。他死之後，據說頭變成了四方大山；右眼變成了太陽，左眼變成了月亮；血肉變成了江河，毛髮變成了草木。於是，天地萬物，便形成了。

**典型錯題：「階梯閱讀空間」出錯率 79%：**

盤古從誕生，到長成身高九萬里的巨人，大約用了多少年？

A. 文中沒有提到　　　B. 九萬年

C. 一萬八千年　　　　D. 三萬六千年

正確答案：D

錯在哪裏？

大部分回答這個問題時出錯的小朋友，都選了 C ——「一萬八千年」。其實，只要我們明白了盤古從誕生到長成巨人的過程，就不會出錯了。

問題問的是從盤古「誕生」到「長成巨人」大約用了多長時間，那代表我們需要弄清楚盤古從誕生到長成的過程。我們在文章裏可以這樣找到對應的文字：

第一段：「盤古誕生在這個大雞蛋中，生長了一萬八千年」。

關鍵詞語：盤古誕生、一萬八千年

第二段：「盤古在天和地的中間，也跟着不斷變化：天每升高一丈，地每加厚一丈，盤古的身體也會隨着增長一丈。」

關鍵詞語：不斷變化、身體也會隨着增長一丈

第三段：「這樣又過了一萬八千年……這個巨人頭頂天，足踏地，站在天地的中央，身高九萬里」。

關鍵詞語：又過了一萬八千年、身高九萬里

只要把表示順序的詞語找到了，我們就可以弄清楚這個過程：

盤古誕生和生長（一萬八千年）→ 不斷變化，身高增長 → 長成九萬里的巨人（又過了一萬八千年）

這樣，我們就能知道盤古從誕生到長成九萬里高的巨人，經過了兩個「一萬八千年」，所以這道題目一定不能選 C。而通過文章的描述，我們顯然能知道盤古這個成長過程用了多少時間，所以也不能選 A。至於 B，則無法從故事的內容中計算出來。正確答案只能選 D。

看文章時，只要細心找到表示先後順序的詞語，便一定能知道事情的前後發展是怎樣的。這個「探案」過程其實很有趣，你一定能做到！

## 一句話都沒說

晚飯後，媽媽和妹妹在洗碗，爸爸和兒子在看電視。

突然，傳來了東西掉在地上的聲音，然後便再沒有聲音了。

哥哥對爸爸說：「一定是媽媽把東西掉在地上了。」

爸爸問：「你怎麼知道？」

哥哥說：「她一句話都沒說。」

**典型錯題：「階梯閱讀空間」出錯率 80%**

如果是妹妹把東西掉在地上，媽媽可能會怎樣？

A. 一句話都不說

B. 輕聲安慰

C. 不停地批評

D. 默默打掃

正確答案: C

要準確回答這一題，我們需要從頭梳理一次事情的經過：

媽媽和妹妹在洗碗，爸爸和兒子在看電視。

東西掉在地上的聲音響起，然後再也沒有其他聲音。

兒子說這東西一定是媽媽弄掉的，因為她一句話都沒有說。

很多小朋友選了 A 和 B。這很可能是他們並沒有理清事情的發展順序，從而錯誤理解了哥哥最後說的那句話，以為哥哥是在抱怨媽媽只會批評他，而不批評妹妹。但我們應該注意到，哥哥最初的判斷就是「一定是媽媽把東西掉在地上了」。從這句話可以得出一個結論，按照哥哥對媽媽的了解，如果媽媽做錯了，她是不會怪她自己的。而掉了東西後，廚房裏再沒有其他聲音，正是說明媽媽並沒有責怪別人，所以哥哥認為是媽媽把東西掉到地上了。

由此可以想到，假如是妹妹把東西掉到地上，媽媽同樣也是會批評她的。

**特訓場**

> ### 踢足球
>
> 　　星期天下午，哥哥帶我和妹妹去踢足球。
> 　　我一踢，便把球踢進了球門。妹妹用力去踢，可是哥哥把球接住了。妹妹急了。她又再用力一踢，這次哥哥跑開了，讓妹妹把球踢進球門。妹妹拍着手，跳了起來。
> 　　看着妹妹開心的樣子，我和哥哥也很開心呢。

1) 請你寫出兄妹三人踢球的經過。

_____ 踢球 → _____ 踢球，_____ 把球接住 → _____ 踢球，
_____ 跑開，球進了 → _____ 都很開心

★ 2）為甚麼妹妹第一次沒有把球踢進球門呢？　　　　　　　　（　　）

　　A. 因為哥哥把球接住了。

　　B. 因為妹妹沒有用力踢球。

★ 3）第二次妹妹又為甚麼能夠把球踢進球門？　　　　　　　　（　　）

　　A. 因為哥哥教了她怎樣踢球。

　　B. 因為哥哥跑開了，沒有把球接住。

4）是非題：對的請打「✓」，錯的請打「✗」。

妹妹最後終於成為了踢球高手。　　　　　　　　　　　　（　　）

○　我完成所有題目了嗎？

○　我有看清楚題目中的關鍵詞嗎？

○　我有哪一題不肯定？仔細看看上下文，再想一想！

○　所有的選擇都是我想選的嗎？

我做對了

＿＿＿＿＿題！

時間：

＿＿＿＿＿分鐘

## 問問題

弟弟問我：「兩個蘋果多少錢？」

我說：「三元。」

弟弟又問：「五條香蕉多少錢？」

我說：「四元。怎麼了，有問題嗎？」

弟弟還在問：「兩個蘋果和五條香蕉多少錢？」

我不明白弟弟為甚麼問這些事情。

我想了一會兒，問弟弟：「不是七元嗎？」

弟弟說：「謝謝你。」

我問：「為甚麼？」

弟弟說：「這是今天的功課。」

★ 1) 下面這些都是弟弟提出的問題，請你按先後順序把它們排好吧！

　　1 「兩個蘋果多少錢？」

　　2 「兩個蘋果和五條香蕉多少錢？」

　　3 「五條香蕉多少錢？」

　　　　_____ → _____ → _____

2) 根據弟弟和「我」的對話，可以知道五條香蕉要多少錢？　　　（　　）

　　A. 三元　　　B. 四元　　　C. 七元

★ 3) 弟弟為甚麼要提問這些問題？　　　　　　　　　　　　　（　　）

　　A. 他想知道計算的正確方法。

　　B. 他想哥哥幫他把答案算出來。

　　C. 他想知道市場裏這些水果的價格。

★ 4) 這篇文章講了一件甚麼事情？　　　　　　　　　　　　　（　　）

　　A. 弟弟讓哥哥代替他學習。

B. 弟弟向哥哥撒嬌，讓哥哥教他做作業。

C. 弟弟偷懶，想直接知道功課的答案。

○ 我完成所有題目了嗎？

○ 我有看清楚題目中的關鍵詞嗎？

○ 我有哪一題不肯定？仔細看看上下文，再想一想！

○ 所有的選擇都是我想選的嗎？

我做對了

_____題！

時間：

_____分鐘

## 最好的菜

因為媽媽早已去世，家中只有爸爸跟女兒兩個人。

有一天，爸爸下班回家。他打開門，發現廚房亂糟糟的。桌子上放着兩盤黑乎乎的東西，女兒睡在沙發上。

爸爸把女兒叫醒，大聲問她：「為甚麼把家裏弄得這麼亂？」

女兒低着頭說：「今天是你的生日，我想做一頓飯給你吃。」

爸爸聽了，沒有說話。他靜靜地吃着桌子上的菜。

女兒問他：「爸爸，菜好吃嗎？」

爸爸笑了，說：「這是我吃過的最好的菜！」

1) 爸爸下班回家以後，發生了甚麼事情？請你按順序寫下來吧！

發現廚房 _____ → 看到兩盤 _____ 和 _____ → 叫醒 _____，問她 _____ → 女兒說 _____ → 靜靜地 _____ 。

A. 為甚麼家裏那麼亂

B. 吃桌子上的菜

C. 黑乎乎的東西

D. 女兒睡在沙發上

E. 女兒

F. 亂糟糟

G. 想做飯給爸爸吃

★ 2) 桌子上兩盤黑乎乎的東西，實際上是甚麼？ （　　）

A. 女兒為爸爸生日而親手做的菜。

B. 是一些不潔的食物。

C. 是女兒不情願地隨便做出來的食物。

3) 關於故事中爸爸和女兒的親情，下面這句話對嗎？如對請打「✔」，如錯請打「✘」。

女兒平日經常負責做飯。 （　　）

4) 想一想，為甚麼爸爸說這兩盤黑乎乎的東西是他吃過的最好的菜？ （　　）

A. 它們雖然樣子不好看，但是味道很好。

B. 因為它們代表了女兒對父親的關心和孝順。

○　我完成所有題目了嗎？

○　我有看清楚題目中的關鍵詞嗎？

○　我有哪一題不肯定？仔細看看上下文，再想一想！

○　所有的選擇都是我想選的嗎？

我做對了

＿＿＿＿＿題！

時間：

＿＿＿＿＿分鐘

# 你知道嗎？

你有兄弟姐妹嗎？你倆是不是常常吵鬧，也常常一起開心玩樂？

不論古今中外，人們都非常重視兄弟姐妹之間的親情。在中國古代的詩歌中，就有不少名篇流傳至今。比如下面這一首：

《九月九日憶山東兄弟》【唐】王維

獨在異鄉為異客，每逢佳節倍思親。

遙知兄弟登高處，遍插茱萸少一人。

譯文：

獨自離家在外地作客，每逢佳節來臨格外思念親人。身在遠方，（我）能想到兄弟們都頭佩茱萸登上高處，偏偏卻少了我一人。

## 獅子和兔

獅子看到兔子正在睡覺，便想吃掉牠。這時候，獅子看見一隻鹿走過，便丟下兔子去追趕那隻鹿。

兔子聽到聲音，馬上跳起來逃走了。

獅子沒有追到鹿，就回頭來找兔子，卻發現兔子早就逃跑了。

獅子說：「啊，我放下已經到手的食物，貪心地追求更大的希望，結果甚麼都沒有得到！」

★ 1) 獅子的行動是怎樣的？請你把牠的行動順序整理一遍吧！

想 ＿＿＿＿＿＿＿ → 追趕 ＿＿＿＿＿＿＿ → 回頭 ＿＿＿＿＿＿＿

2) 故事裏，獅子一共想過吃幾隻小動物？　　　　　　　　　　（　　）

A. 1　　　B. 2　　　C. 3

★ 3) 獅子最後吃了哪隻小動物？　　　　　　　　　　　　　　（　　）

A. 兔子　　　B. 兩隻都沒吃到　　　C. 鹿

4) 想一想，如果你是那隻獅子，你會想把兔子和鹿都吃掉嗎？為甚麼？

＿＿＿＿＿＿＿＿＿＿＿＿＿＿＿＿＿＿＿＿＿＿＿＿＿＿＿＿＿＿＿

★ 5) 獅子最後的話，告訴了我們一個甚麼道理？　　　　　　　（　　）

A. 不要貪玩，否則做事不能成功。

B. 要一心一意，才能把事情做好。

C. 不要因為貪心而放棄到手的東西，否則很容易就會失去它。

### 常綠樹

冬天，一隻小鳥，要找一個安穩的地方居住。

牠飛到桑樹上，向桑樹借一條樹枝，桑樹不理睬牠。牠跳到榆樹上，求榆樹收留牠到春天，榆樹不理睬牠。

松樹看見小鳥很可憐，便說：「你快到這裏來，我有地方給你住。」松樹右邊的柏樹也說：「你快到這裏來，我能夠替你擋住北風。」松樹左邊的杉樹也說：「你快到這裏來，我能夠替你遮住霜雪。」

北風聽見了，說道：「松樹、柏樹、杉樹的心腸很好。我不應該把它們的葉子吹掉，就讓它們做常綠樹吧。」

1）在小鳥找居住地方時，先後遇到了哪幾種樹？

_____ → _____ → _____ → _____ → _____

2）松樹、杉樹和柏樹，分別說自己能為小鳥提供甚麼幫助？請你連一連。

松樹　　　擋住北風

柏樹　　　提供住的地方

杉樹　　　遮住霜雪

★ 3）第三段的主要內容是甚麼？　　　　　　　　　　　（　　）

A. 松樹、柏樹和杉樹都不願意幫助小鳥。

B. 松樹、柏樹和杉樹都願意幫助小鳥。

C. 桑樹和榆樹都不願意幫助小鳥。

★ 4）想一想，小鳥最後可能在哪棵樹上居住？ （　　）

　　A. 桑樹　　　　B. 榆樹　　　　C. 柏樹

○　我完成所有題目了嗎？

○　我有看清楚題目中的關鍵詞嗎？

○　我有哪一題不肯定？仔細看看上下文，再想一想！

○　所有的選擇都是我想選的嗎？

我做對了

＿＿＿＿＿題！

時間：

＿＿＿＿＿分鐘

## 兩隻雄雞

　　兩隻雄雞在廣場中相鬥。一隻戰敗，摔倒在地上。另一隻戰勝了的雄雞卻引頸高鳴，十分得意。不料天空剛好有一隻老鷹飛過，牠聽見雞啼，便飛下來把那隻戰勝的雄雞抓了去。

　　一個人在戰勝困難後沾沾自喜的時候，危險或許已經不知不覺地降臨到他的頭上。

1）兩隻雄雞之間發生了甚麼事？試試按這件事情先後順序選出正確答案吧！

兩隻雄雞＿＿＿＿＿→一隻＿＿＿＿＿→一隻＿＿＿＿＿→老鷹＿＿＿＿＿

A. 引頸高鳴

B. 戰敗摔倒

C. 廣場相鬥

D. 抓走了戰勝的雄雞

★ 2）老鷹為甚麼會飛下來抓走其中一隻雄雞？ （ 　 ）

A. 牠看見有一隻雄雞摔倒了。

B. 牠聽見戰敗的雄雞的啼叫聲。

C. 牠聽見勝利的雄雞的啼叫聲。

★ 3）第一段的主要內容是甚麼？ （ 　 ）

A. 鬥贏的雄雞太得意而高聲啼叫，卻被老鷹抓走的經過。

B. 廣場上兩隻雄雞相鬥的經過。

C. 老鷹覓食的過程。

★ 4）這個故事告訴我們一個甚麼道理？下面這句話總結得對嗎？如對請打「✔」，如錯請打「✘」。

這個故事告訴我們，即使失敗了也不用灰心。 （ 　 ）

5）想一想，如果你是那隻戰勝了的雄雞，你會怎樣做呢？

_____

○ 我完成所有題目了嗎？

○ 我有看清楚題目中的關鍵詞嗎？

○ 我有哪一題不肯定？仔細看看上下文，再想一想！

○ 所有的選擇都是我想選的嗎？

我做對了

_____ 題！

時間：

_____ 分鐘

# 你知道嗎？

　　寓言是一種特別的故事，它常常用很短、很簡單的一件事情，來告訴我們有用的道理。故事裏，常常用動物或事物來代替人，情節充滿豐富的想像力。

　　你一定聽過「狐狸吃不到葡萄，就說葡萄是酸的」這個故事，你也可能聽過「不論小羊怎樣辯解，最終都被狼吃掉」的故事，它們都來自於世界最早的寓言集《伊索寓言》。這本書對整個歐洲的文學發展有很大的影響。

　　而中國古代的寓言也有很多。「狐假虎威」、「掩耳盜鈴」、「守株待兔」、「自相矛盾」等等成語都是出自中國古代寓言，這些成語一直到今天仍然經常被人們用到。

　　你還知道哪些中外寓言故事？與爸爸媽媽、同學朋友一起互相探討吧！

**用心聽講**

上課的時候，子強拿出一個乒乓球，低聲地對家和說：
「家和，下課後我們一起到操場玩乒乓球，好嗎？」
家和用心地聽老師講課，只看了他一眼，沒理睬他。
子強很生氣，覺得家和不應該這樣對待他。
小朋友，你們認為是家和不對？還是子強不對？

1）故事講了一件甚麼事情？請你寫下來吧！

上課時，子強拿出 ＿＿＿＿＿ 叫家和 ＿＿＿＿＿。

↓

家和 ＿＿＿＿＿＿＿＿＿＿＿

↓

子強感到 ＿＿＿＿＿＿＿＿＿＿

2）子強為甚麼會生氣呢？（　　）

A. 他覺得家和沒有聽他的安排。

B. 他覺得家和不應該這樣對待他。

C. 他認為家和做錯事卻不願意承認錯誤。

★ 3）家和的行為說明了甚麼？（　　）

A. 他是一個上課認真，遵守紀律的孩子。

B. 他不尊重朋友，不聽別人的勸告。

C. 他只做自己喜歡的事情，完全不理別人的感受。

★ 4) 你覺得哪個小朋友做得對呢？請說說你的理由吧！

我覺得 _____ 做得對。

因為 _____

○ 我完成所有題目了嗎？

○ 我有看清楚題目中的關鍵詞嗎？

○ 我有哪一題不肯定？仔細看看上下文，再想一想！

○ 所有的選擇都是我想選的嗎？

我做對了

_____ 題！

時間：

_____ 分鐘

**給媽媽的留言條**

媽媽：

　　下午放學時，外婆來學校接我的時候扭傷了腳，所以我要陪她去看跌打醫生。我們會儘量早點回家的。外婆說請你到家之後先做飯，好嗎？

女兒：子晴

二〇二一年九月八日

★ 1）放學後發生了一件甚麼事情？請你根據留言條內容，按事情發生的先後次序排列下面各項。

    A. 媽媽到家後先做飯。

    B. 外婆扭傷了腳。

    C. 外婆來學校接我。

    D. 我陪外婆去看跌打醫生。

    _____ → _____ → _____ → _____

2）下面這句話，你認為對嗎？如對請打「✔」，如錯請打「✘」。

    在外婆來接我的時候，我把腳扭傷了。      （   ）

★ 3）子晴在留言條中告訴了媽媽甚麼？      （   ）

    A. 外婆發生意外，她們現在要做甚麼事，外婆希望媽媽做甚麼。

    B. 媽媽需要為她和外婆提供怎樣的幫助。

    C. 外婆發生了意外，需要媽媽盡快處理。

4）從這篇文章，我們可以知道要寫好一張留言條，需有哪些內容？

                                  （   ）

    A. 收信人以及寫信人的名字、寫信的時間和地點、需要寫信人做的事情。

    B. 收信人稱呼、寫信人知道的事、問候語、寫信人的名字。

    C. 收信人稱呼、需要告知的事情（包括需要對方做的事）、寫信人的名字、時間。

○ 我完成所有題目了嗎？

○ 我有看清楚題目中的關鍵詞嗎？

○ 我有哪一題不肯定？仔細看看上下文，再想一想！

○ 所有的選擇都是我想選的嗎？

我做對了

_____ 題！

時間：

_____ 分鐘

## 我是好哥哥

東東在商場裏見到一個可愛的小妹妹，他很想去跟她玩。

小妹妹的媽媽說：「沒關係的，你可以來握握妹妹的手呀。」

東東不好意思地說：「我剛剛扔過垃圾，手不乾淨。我怕把細菌傳到妹妹的手上，她會生病的。」

那位媽媽豎起大拇指：「你真是一個為人着想、細心的好哥哥！」

1) 東東在商場裏見到一個可愛的小妹妹後，他的想法是怎樣變化的？

( )

A. 很想去跟她玩 → 覺得與妹妹一起不好玩

B. 不敢去跟她玩 → 很想跟她玩

C. 很想去跟她玩 → 因為手髒不敢跟她玩

2) 小妹妹的媽媽，一開始是否願意讓東東來和小妹妹玩？　　（　　）

A. 不允許，因為她不認識東東。

B. 允許，她認為東東可以過來握握妹妹的手。

★ 3) 東東為甚麼不敢過去跟小妹妹玩？　　（　　）

A. 因為小妹妹的媽媽不允許。

B. 因為小妹妹不喜歡和他玩。

C. 因為他怕自己的手髒，會把細菌傳到妹妹手上。

★ 4) 東東是一個怎樣的好哥哥？　　（　　）

A. 為人着想、細心

B. 愛護、尊重弟弟妹妹

C. 有禮貌

○　我完成所有題目了嗎？

○　我有看清楚題目中的關鍵詞嗎？

○　我有哪一題不肯定？仔細看看上下文，再想一想！

○　所有的選擇都是我想選的嗎？

我做對了

_____ 題！

時間：

_____ 分鐘

# 你知道嗎？

　　我們從小就被教導要誠實、正直、勇敢、樂於助人、尊老愛幼……關於人類的美德，從古到今有很多格言流傳下來，影響一代又一代的孩子。下面這些名人名言，你都知道嗎？

達芬奇自畫像

　　人不能像走獸那樣活着，應該追求知識和美德。—— 但丁

　　人的美德的榮譽，比他的財富的榮譽不知大多少倍。—— 達芬奇

　　做一個善良的人，為人類去謀幸福。—— 高爾基

　　有德必有勇，正直的人絕不膽怯。—— 莎士比亞

　　為人正直和善良才是最光榮。—— 盧梭

　　真誠的關心，讓人心裏那股高興勁兒就跟清晨的小鳥迎着春天的朝陽一樣。—— 高爾基

# 來挑戰吧！

## 會「分身術」的海參

　　我們都知道海參是一種名貴的食物。但其實牠是會「分身術」的動物魔術師呢！海參平時不會在海裏游來游去，也不會浮上水面玩耍，而只會<u>老老實實</u>地躲在海底石縫裏，一動不動。而「分身術」，就是老實的海參戰勝敵人的絕招。

　　海底，一隻海蟹正偷偷地向海參爬去。海參發現了海蟹，也知道牠想吃掉自己，可是卻一點也不驚慌，仍然躲在石縫裏一動不動。當海蟹爬近時，海參非常迅速地移動一下身體，突然使出「分身術」，拋出自己的肚腸，引開海蟹的注意力。海蟹看到有食物，想也不想，大吃起來，海參就趁這個機會從容地逃走了。可是海參沒有了腸子，怎麼活下去呀？不必擔心，海參有很強的再生能力，很快地又會長出新的內臟來。

★ 1) 如果請你找出一個詞，來代替第一段中加「＿＿」的詞語，應該選擇哪一項呢？　　　　　　　　　　　　　　　　　　　　　　　（　　）

　　A. 認認真真　　B. 勤勤力力　　C. 安安靜靜

★ 2) 請你從文章第一段找出一個最合適的詞，填入下面的句子中吧！

　　　　　　　　　　　　　　　　　　　　　　　　　　　　（　　）

　　這種＿＿＿＿＿的食材，人們平時很少用到。

　　A. 名貴　　B. 老實　　C. 從容

3) 海參是怎樣戰勝海蟹的呢？你能把過程補充完整嗎？

海參發現海蟹，＿＿＿＿＿＿ → 海蟹爬近，海參 ＿＿＿＿＿＿，拋出

＿＿＿＿＿＿ → 海蟹上當，＿＿＿＿＿＿ → 海參成功逃走。

★ 4) 下面哪一項，是海參平時不會做的？　　　　　　　　　（　　）

A. 躲在海底石縫裏。

B. 不會浮上水面。

C. 在海裏游來游去。

★ 5) 海參的「分身術」，其實是指甚麼？　　　　　　　　　（　　）

A. 將自己的尾巴斷開，吸引敵人的注意。

B. 噴出液體，做成分身。

C. 拋出自己的肚腸，吸引敵人注意。

6) 根據文章的內容，下面哪一項才是正確的？　　　　　　（　　）

A. 海參有很強的再生能力。

B.「分身術」是海參消滅敵人的方法。

C. 海參發現海蟹時，驚慌地躲在石頭縫裏。

○ 我完成所有題目了嗎？

○ 我有看清楚題目中的關鍵詞嗎？

○ 我有哪一題不肯定？仔細看看上下文，再想一想！

○ 所有的選擇都是我想選的嗎？

我做對了

＿＿＿＿題！

時間：

＿＿＿＿分鐘

### 伊索答路人

有一天，寓言家伊索正走在鄉間的路上，他遇見一個過路的人。

過路人向伊索打聽：「現在我離前面的村子還有多遠？我還要走多久呢？」

「你往前走吧！」伊索對他説。

「我當然知道要往前走，我是請你告訴我，還要走多少時間呢？」

「你就走吧！」伊索還是這樣回答。

「這個人大概是個傻子。」過路人一邊走一邊自言自語地説。他走了幾分鐘以後，聽見伊索在後面叫他，他站住了。

伊索對他説：「你再走兩個小時，就能走到了。」

「您為甚麼不馬上告訴我呢？」過路人不滿地問。

「當初我不知道你走得是快還是慢，我怎麼回答你呢？」

★ 1) 請你從文中選出一個合適的詞語，將下面的句子補充完整吧！

客人 _____ 地投訴這家餐廳的食物不新鮮。（ ）

A. 當然　　B. 自言自語　　C. 不滿

2)「過路人向伊索打聽」中，「打聽」指甚麼意思？（ ）

A. 詢問情況　　B. 聊天　　C. 向伊索學習

3) 從過路人的問題中，我們可以知道他是想問甚麼？（　　）

A. 自己走路速度是快還是慢。

B. 到前面的村子應該怎麼走。

C. 要多長時間才能走到前面的村子。

4) 文章記錄了伊索和過路人的對話。請你根據文字提示，把事情講清楚吧！

路人問伊索打聽 ＿＿＿＿＿＿＿，伊索總是讓他 ＿＿＿＿＿＿＿，路人 ＿＿＿＿＿＿＿ 之後，伊索知道了他 ＿＿＿＿＿＿＿，終於告訴他還要走 ＿＿＿＿＿＿＿ 才能到前面的村子。

★ 5) 伊索到底為甚麼不馬上回答過路人的問題呢？（　　）

A. 他不知道過路人走路的快慢，沒法知道他要用多少時間。

B. 他不懂得怎樣才能回答過路人的問題。

C. 他需要時間想一想那個村子有多遠。

6) 關於過路人，下面這句話對不對呢？如對請打「✔」，如錯請打「✘」。

過路人以為伊索是個傻子。（　　）

7) 看完這個故事，我們可以知道，伊索是個怎樣的人呢？（　　）

A. 思考速度很慢　　B. 聰明　　C. 不禮貌

○ 我完成所有題目了嗎？

○ 我有看清楚題目中的關鍵詞嗎？

○ 我有哪一題不肯定？仔細看看上下文，再想一想！

○ 所有的選擇都是我想選的嗎？

我做對了

_____題！

時間：

_____分鐘

## 「聖誕老人」回信忙

你知道嗎？原來寫信給聖誕老人，是能夠收到回信的！

每年的 11 月，許多國家的聖誕郵局開始工作。世界各地的孩子，都能寫信給遠在芬蘭的聖誕老人村中的聖誕老人。聖誕郵局就是專門處理這些信件的地方。

「聖誕老人」們收到這些信件之後，就會和助手一起給孩子們回信。在回信上，「聖誕老人」會貼上芬蘭的郵票，寫好祝福的話，然後按照孩子提供的地址寄回去，希望能給他們一個驚喜。

有時，孩子們的信件實在太多了。「聖誕老人」擔心他們不能在平安夜前收到這些帶着祝福的回信，還會請更多的助手一起寫信呢！

要問「聖誕老人」從甚麼時候開始寫回信？只要收到第一個孩子的來信，他們的工作就開始啦！

★ 1）請在文章中找出一個詞語，完成下面的句子吧！

明天是我的生日，媽媽說她會給我準備一個大 _____。　　（　　）

A. 祝福　　B. 驚喜　　　C. 回信

2) 下列的詞語各自應該怎樣搭配？請你把它們連接起來。

寫　　　　　　　信件

處理　　　　　　祝福的話

貼　　　　　　　回信

寄出　　　　　　郵票

3) 根據文章的介紹，我知道了聖誕老人是住在 ＿＿＿＿＿ 的 ＿＿＿＿＿ 中。

★ 4) 這篇文章給我們介紹了聖誕老人其中一項工作。你能把他的工作順序
　　排好嗎？

　　A. 寫回信，有時還需要很多助手

　　B. 寄回信

　　C. 收到孩子們的來信

　　D. 貼郵票

　　＿＿＿＿＿＿ → ＿＿＿＿＿ → ＿＿＿＿＿ → ＿＿＿＿＿

★ 5) 第四段的主要內容是甚麼呢？　　　　　　　　　　　　　　（　　）

　　A. 聖誕老人正在給世界各地的孩子們回信。

　　B. 聖誕老人因為太忙而無法為孩子們回信。

　　C. 孩子們的信太多，聖誕老人會請助手一起幫忙寫回信。

★ 6) 聖誕老人在甚麼情況下需要助手？　　　　　　　　　　　（　　）

　　A. 當信件太多，需要人幫忙回信時。

B. 當他不知道該怎樣給孩子回信時。

C. 當聖誕老人在給朋友回信時。

7) 根據文章的內容，請你想想，下面這些句子都說得對嗎？對的請打「✓」，錯的請打「✗」。

原來，聖誕老人是一羣人啊！　　　　　　　　　　　　　　　（　　）

每年 12 月，孩子們就開始寫信給聖誕老人。　　　　　　　　（　　）

聖誕老人寄給孩子們的回信上，都有芬蘭的郵票。　　　　　　（　　）

孩子們的信會寄到各個國家的聖誕郵局，再由當地的聖誕老人負責寫
回信。　　　　　　　　　　　　　　　　　　　　　　　　　（　　）

○ 我完成所有題目了嗎？

○ 我有看清楚題目中的關鍵詞嗎？

○ 我有哪一題不肯定？仔細看看上下文，再想一想！

○ 所有的選擇都是我想選的嗎？

我做對了

＿＿＿＿＿題！

時間：

＿＿＿＿＿分鐘

## 賣畫不要錢

有一個畫家來到北京遊玩。離開前，他想看看這個城市有沒有人能看懂他的畫。於是，他畫了一張畫，然後把畫掛在路邊。

很多經過的人停下來看。原來畫裏面畫了一隻黑色的狗。

這隻狗畫得很生動，身上的黑毛很漂亮。

很多人喜歡這張畫，想買下來。畫家說：「這張畫不賣。畫裏面有一個字，如果有人找出來，我把這畫送給他。」人們聽到畫家這麼說，就努力地找。可是找了半天，沒有人找到。

這時候，一個老人走上前去，把畫取下來，一句話也不說就拿着畫走了。人們看了很奇怪，畫家上前問他：「您還沒有說出那個字，怎麼就拿走我的畫呢？」

老人沒有說話，還是往外面走。

有人說：「先別拿畫，你說說那是甚麼字？」

老人就像沒聽到一樣，仍然不說話，只是向前走。

畫家看到這裏，就哈哈大笑，說：「看來你找到那個字了，這張畫就送給你吧！」

看到這裏，你知道那個字是甚麼嗎？

1）你知道「生動」這個詞，可以用來形容下列哪幾項內容嗎？

_____

A. 故事內容　　B. 人的樣子　　C. 人的心情　　D. 圖畫

★ 2）請你從文中找到一個恰當的詞語，完成下面這句話。

雖然不能進入決賽，但他 _____ 努力練習，一點也不灰心。（　　）

A. 於是　　B. 仍然　　C. 就

★ 3）根據文章內容，請你把這件事情按順序排列下來。

A. 很多人喜歡這幅畫，都表示想買。

B. 畫家花了一幅畫，掛在路邊。

C. 一位老人拿了畫就走。

D. 畫家說只要有人找出畫中一個字，就把畫送給他。

E. 畫家高興地說老人家找到畫中的字了，把畫送給了老人。

F. 大家找來找去，找不到畫中的字。

_____ ➜ _____ ➜ _____ ➜ _____ ➜ _____ ➜ _____

4）為甚麼畫家說如果有人找到了畫中的字，他就把畫送給那個人？ （　　）

A. 他想看看人們是不是喜歡他的畫。

B. 他覺得有人找到了畫中的字，就應該得到獎勵。

C. 他想看看這個城市有沒有人能看懂他的畫。

★ 5）第三段的主要內容是甚麼？ （　　）

A. 畫家在街頭展示自己的畫，卻不肯賣。

B. 畫家要猜謎送畫，但沒人能猜中畫裏的字。

C. 畫家出的謎題被一個老人家猜中了。

★ 6）老人為甚麼拿了畫，不說話就走呢？ （　　）

A. 因為他已經找到了畫中的字。

B. 因為他太想得到這幅畫了。

C. 因為畫家已經允許他把畫拿走了。

★ 7) 藏在這幅畫中的字，到底是甚麼字？ （ ）

A.「犬」字，因為圖畫中畫的是黑色小狗。

B.「默」字，因為畫中畫了黑色小狗，「黑」＋「犬」＝「默」。

○ 我完成所有題目了嗎？

○ 我有看清楚題目中的關鍵詞了嗎？

○ 我有哪一題不肯定？仔細看看上下文，再想一想！

○ 所有的選擇都是我想選的嗎？

我做對了

_____ 題！

時間：

_____ 分鐘

# 答案詳解

## 1. 校工汪伯伯

1）花白　在第一段中只有一個形容頭髮的詞語，即「花白」。

2）B　「花白」是指黑色和白色的頭髮或鬍鬚互相混雜；而「斑白」則是指頭髮半白；而「雪白」就只有全是純淨的白色的意思了。

3）A D E B C

4）B

5）打掃 / 清潔　照料 / 料理　關心

此題考查小朋友是否能理解並概括文章中汪伯伯所做的工作。故此只要能把他做的工作用恰當的詞語概括出來即可。

## 2. 慢慢做

1）A　縫衣服要縫得好，就應該沒有縫隙，故此不能選「靠近」。更不應該選「收起來」，因為不符合縫衣服的情景。故此最恰當的解釋只能是「合上」。

2）A　通過下半句描述的場面，我們可以知道「媽媽」要找老闆問個清楚，為甚麼貨不對板，那肯定是很生氣，而不僅僅是煩惱了。所以應該選「氣沖沖」。

3）B　「弟弟妹妹你莫氣」中的「氣」，指的就是「生氣」。

116

4) C 　下半句給出了提示：要把鐵棒磨成針，我們需要的不是武功；而「精力」不能恰當地表達詩歌裏不怕困難堅持做事的意思。所以應該選「努力」。

5) ✗ 　這首童詩告訴我們的道理，是做事不要着急、不要怕難，慢慢做，只要肯付出努力，就一定能成功。

## 3. 眉毛的用處

1) 模糊

2) 活力 　在第二段中，與「旺盛的生命力」意思相關的詞語，只有「迅速」、「活力」這兩個詞。而「旺盛的生命力」本來就是一個名詞性的詞組，故此選「活力」才最恰當。

3) B 　「風景」一詞通常是指大自然中的景色。也可以指一些吸引人的事物。在人的臉上，顯然不會是大自然的風景，也不應與人的行為相關，所以最應該選的就是 B。

4) 擋　流　長　顯出　風景

## 4. 放風箏

1) 搖搖擺擺

2) 越來越

3) B

4) A 　「有趣」的意思是能引起人的好奇心或喜愛。而「好玩」則指有趣，能引起興趣。所以兩個詞的意思最接近。

5) 搖搖擺擺　飛　追着　大叫　飛

## 5. 畫雞

1）裁、言語、開

在古詩中，「裁」有刻意裁製的含義，而「剪」則只有一刀斷開的意思；「說話」是今天我們用的白話，古詩文言中常用的是「言語」；而雄雞啼叫，表示天亮，人們開始了一天的生活，千家萬戶的門自然就會打開，所以應選「開」。

2）紅、雪白

3）千門萬戶

4）C

5）A 「將來」在現代漢語中，是指現代以後的時間。而在古代漢語中，「將來」卻並不是一個詞。

## 6. 參加春遊的公告

1）舉行

2）準時

3）A

4）

| 校務處發出此份佈告的時間 | 二〇一八年四月六日 |
| --- | --- |
| 舉行春季旅行的時間 | 二〇一八年四月二十日 |
| 目的地 | 大帽山郊野公園 |
| 參加人物 | 各級同學，老師 |
| 集合時間 | 四月二十日上午八時三十分 |
| 出發時間 | 四月二十日上午八時四十五分 |

5）C　佈告上寫明旅遊車開車的時間是八點四十五分，過時不候。故此如果一個小朋友九點才到達學校，就無法參加這次旅行了。

## 第二課：理解句子

### 1. 買火柴

1）買火柴

2）B　媽媽需要買的是一盒新火柴，如果擦着過的火柴就不能再用，所以不能選 A。

3）C　參考第三段第一句話。

4）A　參考故事最後一句話。

5）A　因為每一根火柴都只能擦着一次，孩子既然都擦着過，自然就不能再用了。

### 2. 長生不死法

1）B　參考第一段內容。

2）B

3）C　參考第一段最後一句話。

4）A　參考文章最後一句話。

5）C　道士想請教的人本身都不能長生不死，那麼道士就不應該責怪徒弟去得太晚。他連這個道理都不懂，可見並不是聰明人。

### 3. 多說話沒有益處

1）多說話，有沒有益處？

2）青蛙　雄雞　C

3）A　雄雞並不是從不啼叫。墨子說牠在天明時才一叫，就是指牠是有需要時才叫。

4）雄雞　應該說的時候說　青蛙

### 4. 孔子和子路談論箭

1）老師

2）A

3）B

4）A　孔子和子路的話，都認為人有天生的本領。所以他們並不是在討論人的本領是否通過學習而得來，而是在討論人天生有本領還是否應該學習。

### 5. 田鼠的本領

1）C　參考文章第一句話。

2）能飛、能游水、能爬樹、能跑、能挖土

3）A　選項 B 提到田鼠「既能挖土又能爬樹」，意思是牠會這兩種本領，但既沒有說明牠很精通，也沒有說明牠不精通。　選項 C 的意思是我們不能像田鼠那樣學習，但並沒有說明田鼠是怎樣學習的，故此這兩項都不能體現「田鼠沒有一樣本領是精通的」。而選項 A 提到田鼠能飛但飛不高，能游卻游不遠，意思就是這兩項的本領都不

精通了，可以體現出牠「沒有一樣本領是精通的」，所以應該選 A。

4）B　聯繫上文去看，顯然這句話的意思是：在有需要的時候，田鼠所有的本領，都因為不精通而一樣都沒用。故此應該選 B。

5）✓　文章講述田鼠有五種本領，看上去多，但需要的時候卻一種也沒有用。這句話其實表達了本領多並不重要，有精通的本領才有用的意思。

## 6. 溫帶的氣候

1）氣候各不相同

2）北極 —— 天天都在冰雪中

熱帶 —— 全年似夏熱烘烘

溫帶 —— 一年分四季

3）C　參考第二、三句：熱帶一年都似夏，烈日當空熱烘烘。

4）B　參考第四、五句：北極地方很寒冷，天天都在冰雪中。

5）A　參考此句：最好是溫帶，一年分四季。

## 7. 農曆和新曆的區別

1）B　從媽媽說「爸爸說的是農曆，那天是外婆的生日」這句話，可知爸爸的意思最可能是問當天安排甚麼慶祝活動。

2）B　參考第三段媽媽說的話。

3)

|  | 農曆 | 新曆 |
|---|---|---|
| 以甚麼為依據？ | 月亮的圓缺變化 | 地球環繞太陽的運動 |
| 誰在用？ | 中國人 | 世界通用 |

小提示：先在文章中找到問題的關鍵詞吧！

4）C　第四段中「爸爸解釋說」後的這段話，正是農曆和新曆的區別。

5）A　偉明的話，表明他喜歡收到生日禮物。故此他很希望能過兩次生日。

8. 耐渴的駱駝

1）耐渴

2）①②③④　參考第一段。

3）C

4）有很多脂肪，可以轉化成水；吸入空氣時吸收少量水汽，呼出氣體時回收水分。

9. 打破砂鍋問到底

1）A　既然是現在人們都常說的話，那就不會只是指寺廟裏和尚說的話了。

2）泥土　沙　破碎

3）C　參考第二段的這些內容：從前，人們用一個筆畫很多的字來指物件破裂時的裂紋。……這個筆畫很多的字很難懂，人們看到了也未必會讀，但它的讀音和「問」相同。於是，人們就把「問」借用

過來，變成「打破砂鍋問到底」了。

4）A　參考第一段。

## 10. 臉皮真的會「厚」嗎？

1）表皮、真皮、皮下　參考第二段。

2）A　參考第一段第一句。

3）✔　✘　✘　✔

4）B　參考最後一段。

## 第三課：找對關鍵詞

## 1. 太陽光的顏色

1）蝴蝶、燕子、彩虹姐姐

2）B　故事中，蝴蝶看到陽光照在花朵上是紅色的；燕子看到陽光照在葉子上是綠色的；彩虹姐姐說她身上的色彩都是給的。所以，它們其實是在討論太陽的顏色。只有 A 概括得最為全面。

3）✔

### 2. 田家四季歌

1)

| 季節 | 風景、事物、活動 |
|------|------------------|
| 春季 | 春風、花、（草）、（蝴蝶 ）、（麥苗）、（桑葉） |
| 夏季 | 採（蠶桑）、（插秧）、勤耕作、（歸來帶月光） |
| 秋季 | 稻穀上場 |
| 冬季 | （雪初晴）、做（棉衣）、得飽暖 |

2) D

3) A　第二節是講述關於夏季的內容，並非與春天或秋天相關。

4) C

### 3. 乘車安全我知道

1) 小汽車、公共巴士

2) C　參考第二段。

3) B

4) C　參考第三段。

### 4. 認識身邊的垃圾

1) 活的垃圾：能回到大自然中去。

　　人造的垃圾：並不會回到大自然中。

2) ✔　因為活的垃圾對大自然有好處。

3) A　問題問的是第三段的內容大意，並選出錯誤的一項。而選項 A 總
　　結的是第二段的內容大意，所以這一項是錯誤的。

4) D　參考第二段

## 5. 引路的北極星

1) 北極星、北方、「上北下南左西右東」

2) C　因為在北半球天空澄清時，我們才可以看到北極星，而不是地球
　　　上任何一處都能看到它，所以不能選 A。北極星的位置是會變更
　　　的，所以也不能選 B。

3) D

## 6. 獅子找朋友

1) 箭豬　把自己的頭髮全都豎了起來

　　梅花鹿　在頭上插樹枝，在身上畫斑點

2) A　參考第一、第二段的最後一句。

3) A　全篇並沒有提到小獅子的媽媽，所以不能選 B。

4) C　參考最後一段。

## 7. 我是甚麼？

1) 水汽　雲　雨點　雪花　冰雹

2) ✔

3) C　選項 C 總結得最全面，把第三段中的內容都總結了出來，並沒有
　　　欠缺之處。

4) D　「我」頑皮的時候，應該是指闖禍的時候。參考文中第四段，即可

知道「我」闖禍時會把船隻打翻把堤岸沖破，淹沒人畜和莊稼。

## 8. 走失的羊

1）A

2）C　鄰居的羊走失了，是因為岔路太多不知道牠跑往哪個方向去了，所以眾人找不到羊，而不是因為羊跑得太快了。

3）✘　眾人並非因為找羊的時候光顧着看風景而分心，而是因為岔路太多不知羊去了哪個方向。

## 9. 大自然的語言

1）

| 事物 | 現象告訴我們甚麼？ |
| --- | --- |
| 白雲 | （飄得高高）表示（天晴） |
| 螞蟻 | （往高處搬家）表示（要下雨） |
| （樹樁） | 年輪一圈圈，表示（一圈是一年） |

2）D　路燈被點亮是人為的現象。

3）B　不愛學習的人不是不愛學大自然的語言，而是沒有學，看不懂，所以不能選 A；粗心大意的人不是沒法學大自然的語言，而是沒有發現大自然的語言給出的信號。

## 10. 水媽媽的孩子

1）每人帶一個水媽媽的孩子回來。

2）A　參考第一段風伯伯說的話。水媽媽的孩子除了生活在江河湖海裏，

還生活在天空中。

3) C　參考「老三」說的話。

## 第四課：理順事件經過

### 1. 踢足球

1) 我　妹妹　哥哥　妹妹　哥哥　妹妹、哥哥和我

2) A

3) B

4) ✗　最後妹妹把球踢進球門，只是因為哥哥讓着妹妹，故意沒有把球接住。

### 2. 問問題

1) ①③②

2) B　從故事最後一句，我們可以知道弟弟不是真的想知道計算的正確方法或者市場上水果的價格。只能選 B。

3) C

### 3. 最好的菜

1) F C D E A G B

2) A

3) ✗　如果女兒日常負責做飯，菜就不會是兩盤黑乎乎的東西了。菜炒

得不好，證明了女兒平時很少做飯。

4) B

## 4. 獅子和兔

1) 吃掉兔子　鹿　找兔子

2) B

3) B

4) 不會，因為這樣就兩隻動物都吃不到了。只追一隻動物，更容易抓住牠。（只要答出「不會」和原因的要點即可）

5) C

## 5. 常綠樹

1) 桑樹、榆樹、松樹、柏樹、杉樹

2) 松樹 —— 提供住的地方　柏樹 —— 擋住北風　杉樹 —— 遮住霜雪

3) B　參考第三段松樹、柏樹和杉樹對小鳥說的話。

4) C　選項 A 和 B 都是拒絕幫助小鳥的樹。

## 6. 兩只雄雞

1) C B A D

2) C　老鷹是聽見戰勝了的雄雞的啼叫才發現牠的。

3) A　雖然最後啼叫的雄雞是被老鷹抓走，但這段文字主要並不是描述老鷹覓食的過程，所以不能選 C。

4）✘　參考最後一段。

5）高興地走開，不要炫耀自己的勝利。（答案不唯一，回答出意思即可）

## 7. 用心聽講

1）乒乓球　下課後到操場玩　看了他一眼，沒有理睬他　很生氣

2）B

3）A　家和做得對，上課應該認真聽老師講課。選項 B、C 都是對家和持批評態度，所以不對。

4）家和　上課時應該用心聽講，不要聊天／講話。

## 8. 給媽媽的留言條

1）C B D A

2）✘　應該是外婆把腳扭傷了。

3）A　子晴已經陪外婆去看醫生了，外婆想要媽媽在家先做飯。所以不應選 B 和 C。

4）C　留言條其實是要告知收信人某些事情，不需要出現寫信的地點，更不需要講寫信人需要做的事，所以不能選 A。而留言條也是不需出現問候語的。故此也不能選 B。

## 9. 我是好哥哥

1）C

2）C

3）B 參考文章第二段。

4）A 參考小妹妹媽媽說的話。

## 來挑戰吧！

### 1. 會「分身術」的海參

1）C 第一段中的「老老實實」，是指海參一動不動地躲在海底石縫裏，也就可以形容為「安安靜靜」了。

2）A

3）仍然躲在石縫裏一動不動　迅速移動身體　自己的肚腸　大吃起來

4）B 參考第一段。

5）C 參考第二段「突然使出『分身術』，拋出自己的肚腸，引開海蟹的注意力」。

6）A 「分身術」不能消滅敵人，只能吸引敵人的注意幫助自己逃脫，所以不能選 B；海參本來就都是一動不動地躲在石縫裏，所以見到海蟹時也就不會驚慌地躲起來。

### 2. 伊索答路人

1）B 客人要投訴食物不新鮮，顯示出他很不滿。而投訴也不可能是自言自語的，故此不能選 B。

2）A 過路人想知道去前面的村子要多久，就不會是與伊索聊天，也並不是向他學習。

3）C

4) 還要走多久才能到前面的村子　往前走　走了兩分鐘　走得快還是慢
　　兩個小時

5) A　參考文章最後一句。

6) ✔

7) B　從最後一句話可以看到，伊索是要看過路人的走路速度快慢才能
　　判斷他還要多久才能到達前面的村子，這並不是思考速度慢，也
　　並不是不禮貌，而是聰明的表現。

## 3.「聖誕老人」回信忙

1) B　「祝福」不能用「大」去形容，一般可以說「美好的祝福」。

2) 寄出回信，處理信件，貼郵票，寫祝福的話

3) 芬蘭　聖誕老人村

4) C A D B

5) C　第四段最後一句，提到了聖誕老人會請助手幫忙寫回信。這個內
　　容很重要，應該要歸納到段意中。

6) A

7) ✔　✘　✔　✘

## 4. 賣畫不要錢

1) A D

2) B　「於是」和「就」都可以表示後面這件事承接前面那件事，後面那件
　　事往往是結果，而在這句話中並沒有這種意思。

3）B A D F C E

4）C　參考第一段

5）B　選項 A 的內容只是畫家說的一句話，並不能概括出整個段落的內容；選項 C 的內容，則在第四段。

6）A

7）B　從老人家拿了畫就不說話要走，而畫家又高興地說老人家已經找到了那個字，我們可以知道這個字就是「默」。「默」由「黑＋犬」組成，而且表示不發出聲音的意思。